Ocke Bandixen

Die Küstencrew – Die Spur der Schmuggler

BEREITS ERSCHEINEN:

Band 1: Das Gold der Walfänger
Band 2: Die Spur der Schmuggler

OCKE BANDIXEN

DIE KÜSTENCREW

DIE SPUR DER SCHMUGGLER

Mit Illustrationen von Nathalie Kranich

Band 2

Loewe

FSC
www.fsc.org
MIX
Papier aus verantwortungsvollen Quellen
FSC® C018236

Klimaneutral
Druckprodukt
ClimatePartner.com/18521-2202-1001

ISBN 978-3-7432-1127-8
1. Auflage 2022

Umschlag- und Innenillustrationen: Nathalie Kranich
Umschlaggestaltung: Johanna Mühlbauer
Redaktion: Iris Müller
Printed in the EU

www.loewe-verlag.de

Inhalt

Ermittle mit der Küstencrew!

Dieses Abenteuer ist ein ganz besonderes und du bist ein wichtiger Teil davon: Gemeinsam mit den Mitgliedern der Küstencrew Jan, Nele und Rocco löst du spannende Fälle an der Nordseeküste. Ihr werdet auf geheimnisvolle Legenden stoßen, rasante Verfolgungsjagden unternehmen und gemeinsam versuchen, fiesen Typen das Handwerk zu legen.

Und so funktioniert's:

Am Ende jedes Kapitels findest du eine Rätselfrage und auf der rechten Seite ein großes Suchbild. Halte nach diesem Fernglas-Symbol Ausschau, um kein Rätsel zu verpassen.

Wenn du der Geschichte aufmerksam gefolgt bist und das Bild ganz genau angesehen hast, kannst du die Frage in den meisten Fällen gleich beantworten und so der Küstencrew rasch weiterhelfen.

◆◆◆

Falls du doch mal bei einem besonders kniffligen Rätsel feststecken solltest, lohnt sich ein Blick in die Hinweise am Ende des Buches. Sie beginnen auf Seite 168.

◆◆◆

Jedes Rätsel wird mit deiner Hilfe am Anfang des nachfolgenden Kapitels aufgelöst.

◆◆◆

Tipp: Neben deiner scharfen Beobachtungsgabe kann dir bei manchen Rätseln ein kleiner Spiegel helfen!

Auf ins Abenteuer – die Küstencrew zählt auf dich!

KAPITEL 1

Eine gepfefferte Überraschung

Der Westwind heulte im Schornstein. Draußen klapperte ein Fensterladen. Aus dem Küchenradio dudelten Seemannslieder und Rocco, sein Vater Rolf und Opa Hannes summten mit.

„Vorsicht, Papa!", rief Rocco.

Sein Vater balancierte auf seinen Armen drei Teller gleichzeitig, die gefährlich wankten. Rocco sprang auf und half ihm.

„Einen Teller hab ich!"

„Achtung, mein Junge, frisch, heiß und scharf!" Roccos Vater stellte die beiden übrigen Teller auf den Küchentisch. Wie ein Kellner hatte sich Rolf Asmussen das schon etwas fleckige Geschirrtuch über den Arm gelegt. „Die Speise für die Herren!"

Rocco setzte sich wieder und schob seinem Opa einen der vollen Teller hin.

Opa Hannes griff zur Pfeffermühle, die aussah wie ein Leuchtturm.

„Maschine stopp, Vadder!" Rolf setzte sich und hob seinen rechten Zeigefinger. „Meine Soße ist ziemlich scharf! Das Rezept habe ich bei Phung auf der *Annabelle* gelernt."

„Im Hafen von Sumatra." Rocco verdrehte die Augen, er kannte die Geschichte schon. „Wo euer Schiff wochenlang festlag, weil der Reeder pleite war und ihr keine neue Ladung gekriegt habt."

„So ist es, mein Sohn. Und wo ich also von Phung, dem Kombüsenhai der *Annabelle*, so richtig kochen gelernt habe."

„Scharf genug? Ach, wat!" Opa Hannes drehte am Leuchtturm. „Nanu? Da kommt ja gar nichts mehr raus. Der Pfeffer ist alle. Kein Wunder, dass dein Essen so scharf ist."

Er schüttelte die Pfeffermühle. Rocco mochte sie besonders gern, sie war rot-weiß angemalt, genau wie die großen Leuchttürme. Sie sah exakt so aus wie der Turm im Küstenort Breeksiel.

Opa Hannes ächzte auf seinem Stuhl. „Indischer schwarzer Pfeffer, eine Delikatesse – davon hast du doch neulich erst einen Sack mitgebracht, oder?"

Rolf brummte. Er reichte Rocco den geriebenen Käse. „Ist im Schrank, oben links." Er machte keine Anstalten sich zu erheben. Rocco ebenfalls nicht, er sah in die Luft.

Opa Hannes trank einen Schluck aus seinem Glas. „Ach, wisst ihr was? Ist bestimmt doch scharf genug." Auch er hatte keine Lust aufzustehen.

Ein Lächeln breitete sich von Gesicht zu Gesicht rund um den Küchentisch aus.

„Na, wir sind vielleicht eine Familie von Faultieren, was?" Opa Hannes klopfte lachend auf den Tisch.

Nach dem Essen nahm sich Opa Hannes die Leuchtturm-Pfeffermühle noch einmal vor. „Moment mal, da klemmt doch was."

Rocco spülte ab. Sein Vater war schon gegangen, er arbeitete in der Kneipe POTTWAL hinter dem Tresen. Rocco holte den Beutel mit indischem Pfeffer zum Nachfüllen aus dem Schrank und reichte ihn seinem Großvater.

„Danke, min Jung!", sagte Opa Hannes und versuchte, den kleinen Leuchtturm aufzuschrauben. Vor ihm lag schon eine Menge Werkzeug: Zangen, Schraubenzieher, Schraubzwingen und vieles mehr.

„Vielleicht sitzen ein paar Pfefferkörner quer?" Rocco ließ das Wasser aus dem Spülbecken.

„Wie eine Sardine, die sich in der Büchse festhält! Ich muss trotzdem vorsichtig sein, die Mühle war doch ein Geschenk." Opa Hannes setzte vorsichtig eine Rohrzange an, die er mit einem Topflappen abgepolstert hatte.

Rocco lächelte. Den Leuchtturm hatte sein Opa von Jans Großmutter zum Geburtstag bekommen. Jan Boysen war sein bester Freund. Und zusammen mit Nele waren sie die Küstencrew.

„Jetzt hab ich es. Junge, war das schwer." Opa Hannes drehte oben an dem kleinen Leuchtturm die Leuchtkammer ab. „Da steckt etwas drin. Was ist das?"

„Ein Papierschnipsel?" Rocco legte das Geschirrtuch beiseite und trat an den Küchentisch.

„Ja! Und da steht etwas drauf!" Opa Hannes hielt das Papier schräg unter die Lampe. „Aber was? Es ist so klein, dass ich es nicht lesen kann. Und meine Brille habe ich irgendwo hier hingelegt. Verflixte Kiste. Man bräuchte manchmal eine Brille, nur um die Brille zu suchen. Hier liegt aber auch schon wieder so viel Zeug herum!

„Aber nein, Opa. Ich weiß, wo sie ist." Rocco zwinkerte ihm zu.

So viele Brillen liegen in der Küche herum. Welche davon gehört Opa Hannes?

ROLF OPA ROCCO

KAPITEL 2

Rätselhafte Namen

„So, jetzt wollen wir mal sehen. Aber richtig!“ Opa Hannes nahm seine eckige Brille, die er schon bei der Ehrung von der Feuerwehr getragen hatte, vom Fensterbrett. Das Foto von der Zeremonie hatte er stolz an die Wand gehängt.

Nun hielt er das Stück Papier ins Licht. „Was steht da? ‚Grammostola borelli – Spider-SOS‘?“

„Tatsächlich, Opa. Das stimmt. Und darunter sind blaue Linien oder Wellen zu sehen.“

„Donnerschlag.“ Opa Hannes nahm seine Brille wieder ab. „Was hat das wohl zu bedeuten?“

Rocco schob seine langen dunklen Haare aus der Stirn. „Der Papierstreifen ist bestimmt nicht durch Zufall da drin. Das hat jemand mit Absicht gemacht.“ Er sah seinen Opa lächelnd an. „Vielleicht Jans Großmutter?“

Opa Hannes lachte auf. „Nee, mein Junge, die schreibt mir direkt Briefe. Und ohne ‚SOS‘.“

Jeder wusste, dass die beiden sich gerne mochten.

Rocco nahm den Zettel in die Hand und sah ihn sich noch einmal genau an. „Dann kann das nur eines bedeuten: Da braucht jemand unsere Hilfe. Das ist ein Fall für die Küstencrew!“

Nur eine Viertelstunde später stellte Rocco das Fahrrad am Deichweg ab, dem Schleichweg hinter den Häusern. Er ging durch die Pforte in den Garten. Die Fenster im Haus von Jans Familie leuchteten. Rocco hatte schnell einen kleinen Stein gefunden. Und er traf schon beim zweiten Mal Jans Fenster. Der Abendhimmel leuchtete über dem Deich. Der Wind hatte ein wenig nachgelassen.

„Rocco?“

„Jan, du musst runterkommen. Es gibt etwas zu tun für die Küstencrew! Nele sollte auch gleich da sein, ich habe ihr eine Nachricht geschickt.“

Schon hörte er Schritte um die Ecke kommen.

„Was gibt es denn so spät noch?“ Nele Ritter war ein wenig außer Atem. „Ich durfte noch raus, für eine Stunde, hat Mama gesagt.“ Sie lächelte ihre beiden Freunde an und stemmte die Hände in die Hüften.

„In der Pfeffermühle steckte ein Papierstreifen? In der, die meine Oma deinem Opa geschenkt hat, also in dem kleinen Leuchtturm? Aber das kann doch nicht sein.“ Jan schüttelte ungläubig den Kopf, nachdem Rocco ihnen von dem rätselhaften Fund berichtet hatte.

Die drei saßen im Garten. Der Wind ließ die Birnbaumblätter rascheln. Auf der Straße knatterte ein Motorrad vorbei.

„Die Mühle war doch aus unserem Laden, oder?“, fragte Jan, obwohl er die Antwort bereits kannte. Seine Eltern, in erster Linie seine Mutter und Großmutter, betrieben einen Andenkenladen. „Davon haben wir noch mehr. Papa bestellt ständig Nachschub.“

„Und wie viele genau?“ Nele saß auf dem Deckel der Regentonne, Jan auf der Turnstange, an der oft seine Schwestern spielten, und Rocco hatte es sich auf dem Hauklotz für das Brennholz bequem gemacht.

„Im Laden stehen drei Stück und im Lager sind bestimmt noch mehr. Auf dem Zettel stand wirklich ‚Spider-SOS'? ‚Spider', also das englische Wort für Spinne?“

„Ja, und ein paar komische Wörter. Klingelt da bei euch irgendwas?“ Rocco reichte erst Jan und dann Nele seinen Notizblock. Die Jungs sahen gespannt zu Nele. Sie war richtig gut im Rätsellösen.

Jetzt aber schüttelte sie den Kopf. „Keine Ahnung, was das bedeuten soll.“ Sie schrieb die Wörter in ihr kleines Notizbuch ab, das sie immer bei sich trug.

„Ich hab auch keinen Schimmer.“ Jan sah auf. „Meint ihr, in den anderen Leuchttürmen sind auch solche Papierstreifen?“

Nele sprang von der Regentonne. „Es gibt nur einen Weg, das herauszufinden!“

Wenig später stand die Küstencrew im Büro von ANTIKES BEI BOYSEN – MARITIME SOUVENIRS. Zehn Leuchtturm-Pfeffermühlen hatten sie aus dem Lager und dem Laden von Jans Familie geholt und auf den Schreibtisch gestellt.

„Hm, für mich sehen die Leuchttürme alle gleich aus", meinte Jan und ging um den Tisch herum.

Rocco zögerte. „Ich weiß nicht. Irgendwas ist anders, aber was?"

Nele sah die Pfeffermühlen eine Weile konzentriert an und lachte dann auf. „Ich weiß, was es ist! Zwei Leuchttürme unterscheiden sich von den anderen."

Welche Leuchttürme meinte Nele und wodurch unterschieden sie sich?

KAPITEL 3

Die erste Spur

„Das ist es! Zwei sind anders geringelt!“, rief Jan und griff nach den beiden Leuchttürmen, die am Fuß mit einem roten Streifen begannen.

„Und ich dachte erst, es wären die Fenster“, brummte Rocco und nahm Jan einen der beiden aus der Hand.

„Nein, es sind die Streifen“, bestätigte Nele. „Leuchttürme sehen unterschiedlich aus, damit man sie vom Meer aus zuordnen kann. Mal haben sie dickere, mal dünnere Streifen. Mal sind sie rot, mal schwarz gestreift. So behalten Schiffskapitäne die Orientierung. Tagsüber durch die Streifen und nachts durch das Licht der Türme. Jeder leuchtet ja ein bisschen anders, das hatten wir doch in der Schule!“

„Die beiden sehen aus wie unserer in Breeksiel! Und genau so einen haben wir auch zu Hause“, sagte Rocco.

Nele blickte die beiden Jungs an. „Dann los! Lasst uns in diesen hier nachsehen!“

Und schon drehte Jan an seiner Pfeffermühle. „Hattest du nicht gesagt, es ginge schwer, Rocco?“ Er schraubte den Leuchtturm ohne Schwierigkeiten auf. „Hast wohl zu wenig gefrühstückt, was?“, stichelte er.

Rocco drehte seinen ebenso mühelos auf. „Abendbrot. Doch, ausreichend, wie du siehst.“

„Jungs. Kommt mal, schnell!“ Neles Gesicht leuchtete im Licht der Schreibtischlampe. „Hier sind noch welche!“ Sie hatte währenddessen die anderen Leuchtturm-Pfeffermühlen aufgeschraubt.

„Was?“ Rocco stellte seinen halben Leuchtturm hin. „Wieder Zettel mit blauen Wellen am Rand? Dann betrifft es nicht nur die Breeksiel-Nachbildungen. Und was steht drauf?“

Jan hielt ihn ins Licht. „‚Lasiodora benedeni. Spider-SOS‘.“

Nele holte ihr Notizbuch aus der Jackentasche, um auch diese Wörter aufzuschreiben. „Was soll das bedeuten?“

Die drei sahen sich an. „Los, weitersuchen!“

Rocco schnappte sich eine andere Pfeffermühle und drehte sie auf. „Hier ist noch einer!“

„‚Spider-SOS‘“, las Jan laut vor. „Schon wieder. Und noch etwas: ‚Hapalopus butantan‘. Hä?“

„Ist notiert!“, rief Nele.

Rocco legte die Papierschnipsel nebeneinander. „Die Handschrift ist dieselbe."

„Es wurde mit Bleistift geschrieben. Und blaue Wellen und Striche sind auch wieder drauf, aber ganz andere." Jan zuckte mit den Schultern. Was hatte das zu bedeuten?

Draußen war es inzwischen dunkel geworden. Die kleinen Leuchttürme warfen im Licht der Schreibtischlampe lange Schatten. Rocco fröstelte.

Da!

Was war das?

Ein Knacken. Und ein Quietschen! Rocco warf Jan einen Blick zu. Der rückte ein Stück näher an Nele. Die hob fragend die Augenbrauen. Was waren das für Geräusche?

Da! Schon wieder!

„Weiß jemand, dass wir hier sind? Oder von den Leuchttürmen?", wisperte Jan.

Rocco schüttelte den Kopf. Nele hielt die Luft an.

Da war das Knacken wieder.

„Kabeljau!", rief Jan plötzlich. „Du darfst doch nicht in den Laden. Mach, dass du rauskommst, du Racker!" Er schob den Kater der Familie Boysen durch die Verbindungstür zurück in den Wohnbereich.

Nele strich ihm im Vorbeigehen erleichtert über das Fell. „Mann, hast du mich erschreckt!"

Rocco fuhr sich gähnend mit der Hand durch die Haare. „Und was machen wir jetzt mit den Zetteln? Vielleicht hilft es, wenn wir eine Nacht drüber schlafen." Er legte die Schnipsel zusammen und steckte sie ein.

„Ja, machen wir Schluss für heute", bekräftigte Nele und klappte ihr Notizbuch zu.

Jan nickte. „Und morgen fragen wir mal nach, wo mein Vater die Leuchtturm-Pfeffermühlen für unseren Laden bestellt hat. Das könnte vielleicht eine erste Spur sein."

Rocco lag noch länger wach. Und das, obwohl er hundemüde war. Er stand noch einmal auf und sah aus seinem Fenster über den Deich. Der Westwind rüttelte an der Frieslandfahne vor dem Haus. Morgen hatte seine Mutter Geburtstag. Er war vorhin noch über einer Geburtstagskarte gesessen, die er selbst gemalt hatte. Er hatte sich Opas Farben und Pinsel geliehen und das Meer in vielen Blautönen festgehalten. Aber wo sollte er sie hinschicken?

Seine Mutter lebte nicht bei ihnen in Breeksiel, sie war immer unterwegs. Mal in Paris, mal in Mailand, mal woanders. *Mein Rocco, mein Stern*, schrieb sie immer in ihren Briefen, auf denen bunte Briefmarken klebten.

Neulich hatte sie ihm geschrieben, dass sie ihn besuchen wollte.

Wie das wohl wäre?

Sie war schon lange fort, viel mehr wusste er nicht. Er hatte nur wenige Erinnerungen an sie. Sein Vater und Opa Hannes sprachen nicht gerne von ihr.

Die Kirchturmuhr schlug. War es schon Mitternacht? „Herzlichen Glückwunsch, Mama." Rocco stand noch einen Moment lang am Fenster. Dann kroch er wieder in sein warmes Bett.

Jan saß auf der Stange an den Fahrradständern vor der Schule und wartete ungeduldig.

Warum musste Rocco auch immer in der Schule Ärger haben? Direktor Nieswand persönlich hatte ihm diesmal eine Stunde Nachsitzen verpasst. Und warum? Weil Rocco für eine Wette mit Boy Bartelson laut gesagt hatte, was alle wussten: Der Direktor trug eine Perücke, weil er total kahl auf dem Kopf war.

Damit hatte er die Wette gewonnen. Aber auch den Ärger eingeheimst, der daraufhin kam.

„Hey, Jan!" Nele winkte Jan zu.

„Hallo! Musst du etwa auch nachsitzen?“, fragte Jan.

Nele sprang vom Fahrrad. „Nein, ich habe nur mein Mathebuch vergessen.“

„Ach so. Treffen wir uns nachher bei mir, damit wir meinen Vater gemeinsam befragen können? So gegen drei?“

„Ja klar, schreib mir kurz, dann komme ich rüber“, antwortete Nele.

Die Bäckerei von Neles Eltern lag praktischerweise direkt gegenüber von Jans Haus und dem Souvenirladen.

Jan hob den Daumen und seufzte noch einmal. Wie lange würde es wohl noch dauern?

Gar nicht weit von Breeksiel entfernt, hievte ein Mädchen gerade den letzten Karton nach oben ins Regal. Ganz vorsichtig.

„Mist!“ Sie hatte es nicht ganz geschafft. Es polterte und die leeren Versandkartons purzelten von den Regalbrettern. Das Mädchen zog rasch den Kopf ein. Zum Glück waren die Leuchtturm-Pfeffermühlen noch nicht drin gewesen.

„Tinka, bist du verletzt?“

„Nein, Papa!“ Tinka hob entschuldigend die Hände und lächelte.

Hein Broders sah aus dem großen Lagerraum um die Ecke. Er hatte oben auf dem Kopf keine Haare mehr, dafür an den Seiten längere, die wirr abstanden. „Ich habe die nächste Ladung Leuchttürme fertig sortiert. Dann können die Bestellungen raus."

Tinka nickte. Das war gut, denn dann würden sie wieder Geld einnehmen, das bei ihnen eher knapp war. „Wollen wir gleich die Leuchttürme zusammen einpacken?"

„Klar."

In Breeksiel stand die Küstencrew im Büro von Hark Godbersen, Jans Vater.

„Die Pfeffermühlen bekommen wir von einem Großhändler namens Hein Broders. Die Leuchttürme sind alle handbemalt und natürlich unterschiedlich, damit sie zur Region passen."

„Wissen wir doch, Papa." Jan grinste seine Freunde an.

„Hein Broders hat einen Großhandel für bemalte Leuchttürme, die eigentlich Pfeffermühlen sind?", fragte Rocco.

Nele zuckte mit den Schultern. „Komischer Beruf."

Jans Vater schob seine Brille auf die Stirn, vor ihm türmten sich Bücher und Aktenordner. „Nein, Hein Broders verkauft auch Muschelketten, Ankerfeuerzeuge, Flaschenöffner in Form eines Rettungsrings und so weiter."

„Alles für die Touristen!" Jan zeigte auf die Broschüre.

„Ihr wisst ja, wie das läuft. Die Leute machen Urlaub an der Küste und möchten etwas von der schönen Zeit hier mit nach Hause nehmen."

„Den Wind." Rocco pustete, als sei er eine Windbö.

„Oder die Nordsee." Jan machte Bewegungen wie die Wellen.

„Oder unsere Friesenwaffeln." Nele öffnete in der Luft ein unsichtbares Waffeleisen.

Hark Godbersen lächelte. „Genau, Kinder. Und weil das nicht geht", er wandte sich an Nele, „oder schnell aufgegessen ist, kaufen die Leute bei uns im Laden etwas anderes. Zum Beispiel Pfeffermühlen in Form von Leuchttürmen."

„Oder Sachen von meinem Opa", fügte Rocco hinzu. Opa Hannes schnitzte, bastelte und werkelte an Seekisten, Buddelschiffen und Piratenfiguren, die ebenfalls bei ANTIKES BEI BOYSEN – MARITIME SOUVENIRS verkauft wurden.

„Ist das ein großer Laden?", fragte Jan und sah seine Freunde an. Vielleicht könnten sie dort vorbeischauen, um der Spur zu folgen.

Nele nickte sofort, sie hatte Jans Gedanken erraten. Rocco grinste, er war auch dabei.

„Ob der Laden von Hein Broders groß ist? Nein, das ist eigentlich nur eine Lagerhalle mit Büro."

„Ist er schwer zu finden?" Jan sah seinen Vater fragend an.

„Unsinn." Hark Godbersen lächelte. „Ich gebe euch eine Luftaufnahme. Ich bin mir sicher, zwischen all den Häusern findet ihr das Lager."

Wo befand sich das Lager von Hein Broders?

TO-DO
Caspersmoor
Godensharde
Greetsach
Breeksiel
Pfeffermühle

KAPITEL 4

Ungewöhnliches Muster

„Bei dem Haus in Godensharde steht ein Lkw. Damit verschickt Hein Broders die Waren – das ist es!“, rief Nele.

„Danke, Papa.“ Jan stand auf. „Jetzt wissen wir, wie wir zum Lager kommen.“

„Ist er nett, der Herr Broders?“, fragte Rocco.

„Ja, das ist er. Ein sehr netter Mann, aber wahrscheinlich ein ziemlich schlechter Geschäftsmann. Wir kaufen ihm die Leuchtturmmühlen ab, weil sie hübsch sind, aber auch, weil ich ihm ein bisschen helfen will.“ Hark Godbersen nahm seine Brille ab. „Und mehr will mir die Küstencrew nicht erzählen? Habt ihr wieder so eine Detektivgeschichte am Laufen?“

Rocco schüttelte den Kopf. „Noch nicht, Herr Godbersen. Erst mal müssen wir dieser Spur folgen.“

„Sind doch nur ein paar Kilometer bis Godensharde“, sagte Jan, während er sein Fahrrad aus dem Schuppen holte. Auch Nele hatte ihres in der Zwischenzeit geholt.

„Dann los!“ Rocco sprang auf das alte Rad von Opa Hannes, auf dem er immer fuhr.

„Bis zum späten Nachmittag schaffen wir es, wieder hier zu sein.“ Jan sah auf die Uhr. „Ich muss noch Mathe machen.“

Rocco verdrehte die Augen. „Stimmt.“

„Hab ich schon. Wenn es später wird, helfe ich euch, Jungs! Auf geht's!“ Nele fuhr schon los.

Die drei sprachen nicht viel. Sie fuhren das erste Stück auf dem Deich entlang. Der Wind rüttelte an den Fahnenmasten vom Hafen und das dunkelblaue Sakko, das Rocco trug, blähte sich auf wie ein Segel. Neles Haare wirbelten um ihren Kopf. Jan hielt seine Schirmmütze sicherheitshalber in der Hand.

Opa Hannes stand in der Küche und kratzte sich am Kinn. Rocco hatte ihm die Pfeffermühle zurückgebracht. Aber was hatte das mit den Papierstreifen zu bedeuten? Er schenkte sich einen Becher Kaffee ein. Wo hatte Rocco sie hingelegt? Da war etwas drauf, das ihm bekannt vorkam. Er wollte sie sich noch einmal genauer ansehen.

Wenn sie in der Klabauterbude waren, würde er sie nicht suchen. Es war schließlich das Versteck der Küstencrew über seiner Werkstatt.

Aber halt! Hier!

Opa Hannes seufzte zufrieden. Rocco hatte sie auf den kleinen Küchenschrank gelegt. Na, dann konnte er ja auch mal einen Blick riskieren.

Kurz darauf saß Roccos Großvater auf seinem alten Stuhl an der Werkbank und untersuchte die drei Schnipsel. Erst mit bloßem Auge, dann mit der Lupe. Wie immer lag alles voll mit aufgeschlagenen Büchern, Landkarten, Seemannstau und Werkzeug. Opa Hannes legte die Schnipsel nebeneinander hin.

Aber natürlich! Daran hatte ihn das Muster erinnert!

Welche Entdeckung hat Opa Hannes auf seinem Schreibtisch gemacht?

Fliesenbilder
hiffmagazin

KAPITEL 5

Ein merkwürdiger Mann!

Das war es! Die Papierschnipsel passten wie Puzzlestücke auf das Fliesenbild im Buch! Es bestand kein Zweifel. Opa Hannes hatte sie auf das Foto im alten Bildband gelegt. Sie waren ein bisschen zu groß, aber er war sich sicher: Die Muster, die auf der Rückseite der Papierfetzen zu sehen waren, stammten von diesem Fliesenbild.

Ausgerechnet.

Opa Hannes wusste, dass es sehr alte Fliesen gab, die schon vor Jahrhunderten zu ganzen Bildern zusammengesetzt worden waren und inzwischen als wertvoll galten. Oft waren Schiffe darauf gemalt, die sich die Seeleute als Schmuck in ihr Haus hängten.

Er las laut, was unter dem Foto stand: „Abbildung eines alten spanischen Segelschiffes, einer ‚Galiote'. Fleutenhavener

Fliese, hergestellt im Jahr 1767. Das Original befindet sich auf der Königswarft bei Breeksiel.'"

„Ha!" Opa Hannes sah sich das Fliesenbild noch einmal genauer an. Interessant! Na, die Küstencrew würde Augen machen, wenn er ihnen das erzählte.

Er klappte seine Brille ein. „Sieh an, nun wird die Sache interessant", sagte er zu sich selbst und nahm seine Mütze vom Tisch. „Na, dann wollen wir dem Ehepaar Methlefsen auf der Königswarft doch mal einen Besuch abstatten."

Jan ließ seine Vorderbremse quietschen. „Hier muss es sein!" Er setzte seine Schirmmütze wieder auf.

Nele sah sich um. „Sieht ziemlich verlassen aus."

„Mal sehen." Rocco sprang vom Rad und lehnte es gegen einen Zaunpfahl. Er zeigte stumm auf einen schmutzigen grünen Sportwagen seitlich neben einer Garage.

„Wir kaufen nichts. Wir verkaufen! Was hättet ihr gern?" Ein Mädchen mit roten Haaren lief ihnen entgegen, es trug ein Klemmbrett vor sich, auf das es etwas schrieb. „Also?"

„Als Erstes hätten wir ‚Moin' gesagt, aber man kommt ja nicht zu Wort", antwortete Jan grinsend.

„Hauptsache, ihr kommt erst zur Sache und dann zur Kasse. Die ist bei mir hier drüben. Aber Großhandelspreise kann ich euch nicht anbieten. Ihr drei seht nicht gerade wie Einzelhändler aus."

„Nein, wie sehen wir denn aus?", fragte Nele belustigt. „Wie Touristen, die sich verfahren haben?"

„Nein, eher wie drei, die ganz gezielt zum besten Großhändler der Gegend wollen." Das Mädchen klickte mit dem Kugelschreiber. „Also, wie kann ich helfen?"

„Können wir uns drinnen mal umsehen?", fragte Rocco.

„Umsehen? Einfach so? Ich weiß ja gar nicht, wer ihr seid", gab das Mädchen zurück und schüttelte mit dem Kopf.

„Hallo. Ich bin Nele. Und das sind Jan und Rocco. Gemeinsam sind wir die Küstencrew!" Nele hob zur Begrüßung die Hand.

„Tinka."

„Euch gehört der Laden? Habt ihr auch Leuchttürme?“, fuhr Jan etwas ungeduldig dazwischen.

Tinka nickte. „Leuchttürme haben wir auf jeden Fall: Leuchttürme, die mit Batterie betrieben werden, Leuchttürme, in die man eine Kerze stellen kann, Leuchttürme, die gar nichts machen, außer ein kleiner Leuchtturm zu sein …“ Sie drehte sich um und bedeutete der Küstencrew, ihr ins Lagerhaus zu folgen. „… Leuchttürme, die selbst Kerzen sind, Feuerzeuge, auf denen Leuchttürme sind, Leuchttürme, die …“

„Und auch welche, die eigentlich Pfeffermühlen sind?“ Rocco, Nele und Jan holten zu ihr auf.

Tinka schob ein quietschendes Rolltor zur Seite und zu viert betraten sie die große Halle.

„Wir haben natürlich auch Pfeffermühlen, Salzstreuer, Käsereiben und Trinkflaschen in Leuchtturmform.“

„Käsereiben?“, fragte Jan erstaunt. „Sind die nicht immer eckig?“

„Na und? Dann ist dieser Leuchtturm es eben auch. Wenn ihr also Leuchttürme sucht, die ein bisschen handlicher sind als die großen, dann seid ihr bei uns genau richtig.“

Inzwischen waren sie vor einem hohen Regal stehen geblieben. Meterhoch standen darin kleine Kartons gestapelt. Durch Sichtfenster konnte man die Türmchen erkennen.

„Hier sind sie, gestern ist eine neue Lieferung gekommen. Wir stapeln gleiche Waren in den Regalen übereinander."

Jan runzelte die Stirn. „Wie sollen wir denn die Pfeffermühlen und Salzstreuer voneinander unterscheiden können?"

„Wetten, dass ich das weiß?" Rocco grinste die anderen an.

„Ich auch!", rief Nele.

Woher wusste Rocco, in welchen Kartons die Pfeffermühlen sind?

KAPITEL 6

Eine Verbündete

„Einer der Kartons ist undicht und hat eine Spur aus Salzkörnchen hinterlassen. Also müssen die Pfeffermühlen links im Regal übereinandergelagert sein“, erklärte Rocco.

Jan rückte verlegen seine Mütze auf dem Kopf zurecht. Die anderen drei grinsten.

„Verwirren diese vielen Leuchttürme die Kunden nicht?“ Jan wechselte schnell das Thema.

Tinka machte eine wegwerfende Handbewegung. „Hierher kommt doch sowieso kaum jemand. Die Leuchttürme hat uns Geert aufgeschwatzt. Billigware aus Holland, sagt mein Vater. Aber sie verkaufen sich ganz gut. Und wir sind wieder besser im Geschäft.“

„Ja, wir verkaufen die auch bei uns.“ Jan erklärte kurz, dass seine Familie in Breeksiel einen Souvenirladen besaß.

Rocco nahm einen Karton aus dem Regal. „Darf ich? Mein Opa hat so eine Pfeffermühle geschenkt bekommen. Aber billig kommt sie mir nicht vor.“

„Ja, die Pfeffermühlen sind okay, sie werden sogar von Hand bemalt. Aber die ganzen anderen Leuchttürme, die Kerzenhalter und so, die fallen manchmal einfach auseinander. Bei denen gibt es oft Reklamationen und Rücksendungen.“ Tinka nahm Rocco den Karton wieder aus der Hand. „Oder wolltest du noch einen kaufen? Seid ihr drei deshalb gekommen?“

„Vielleicht.“ Rocco schlug den Kragen seines Sakkos hoch.

„Zehn Stück vielleicht.“ Jan trommelte mit den Fingern gegen einige Kartons.

„Oder zwanzig“, fügte Nele an und machte mit. Sie klopfte mit den Fingerspitzen gegen zwei andere Schachteln im Regal.

„Ihr könntet auch hundert haben.“ Tinka begann nun ebenfalls zu trommeln.

Rocco stieg ein, er wartete auf die Pausen der anderen, dann schlug er laut gegen die Außenseite des Regals. Es klang gar nicht schlecht, fand er.

„Was ist denn hier los? Sollen auch noch die letzten Kunden vertrieben werden?“ Ein großer Mann mit stark nach hinten gegelten Haaren wedelte mit seinen Händen, als wollte er Fliegen verscheuchen.

„Das sind Kunden, Geert. Ich kümmere mich um sie“, gab Tinka zurück.

Nele bemerkte Tinkas rote Wangen. War hier wirklich alles okay?

Jan trat einen Schritt vor und streckte seine Hand aus. Das hatten ihm seine Eltern beigebracht: Auch wenn es schwierig wurde, Rücken gerade, Hand geben, Namen sagen. „Moin. Jan Boysen. Von ANTIKES BEI BOYSEN – MARITIME SOUVENIRS in Breeksiel. Ich komme im Auftrag meiner Großmutter."

„Ilsemarie Boysen? Aus der Hafenstraße?", fragte der Mann und sah Jan schräg von oben an, als könnte er so besser sehen, ob das stimmte.

„Wir haben die Pfeffermühlen schon gut verkauft. Und da wollten wir mal gucken, was Sie sonst noch so haben."

Diese Sprache verstand der Mann anscheinend. „Na, dann guckt nur in Ruhe. Leuchttürme haben wir jede Menge, was, Tinkerbell?" Er lachte freudlos und versuchte, Tinka auf die Schulter zu klopfen. Die wich allerdings geschickt aus.

Der Mann hielt kurz inne. „Sag deiner Großmutter, ich mache für gute Kunden gute Preise. Und sag ihr auch, dass wir ab sofort ins Fliesengeschäft einsteigen. Echte Harlinger, Makkumer und Fleutenhavener Fliesen mit historischen Schiffsmotiven." Er fingerte eine schwarz glänzende Visitenkarte aus seiner Brusttasche und überreichte sie Jan mit einem schiefen Grinsen.

Das verschwand, als er sich an Tinka wandte. „Ich bin weg,

sag deinem Alten, dass ich übermorgen wiederkomme!" Dann hob er seinen langen Zeigefinger, als wollte er sie ermahnen, nichts anzustellen.

Er zwinkerte den anderen zu, drehte sich um und ging mit schnellen Schritten davon. Von draußen hörten sie kurz danach das Brummen des Sportwagens.

Nele schüttelte sich. Was für ein unangenehmer Typ!

„Das war übrigens Geert." Tinka zuckte mit den Schultern und lächelte verlegen. „Er ist seit Neuestem der Partner meines Vaters. Bringt hier alles durcheinander, wenn ihr mich fragt."

„Aber er hat euch die Leuchttürme verschafft", tröstete Nele sie und legte die Hand auf Tinkas Arm.

„Ja, immerhin." Tinka atmete hörbar aus. „Die Pfeffermühlen waren der Anfang, danach hat er den ganzen anderen Touristen-Plunder mitgebracht. Früher war das hier ein Großhandel für ganz andere Sachen."

„Ist dein Vater auch da? Wir hätten da nämlich eine Frage", schaltete sich Jan ein.

Tinka runzelte die Stirn. „Nein, der ist in Fleesum. Er muss das Auto aus der Werkstatt holen und dann zum TÜV. Er wäre erst zum Abendessen wieder da, hat er gesagt. Also", Tinka sah von einem zum anderen und stemmte die Hände in die Hüften, „was wollt ihr wirklich?"

Jan, Nele und Rocco tauschten Blicke.

„Ich glaube …", begann Rocco.

„… wir müssen dir mal was erklären“, fuhr Jan fort.

„Und zwar ganz dringend!“, fügte Nele hinzu.

Wenig später saß die Küstencrew gemeinsam mit Tinka an einem Gartentisch auf einer kleinen Rasenfläche am Parkplatz, vor ihnen standen kühle Brauseflaschen. Sie hatten ihrer neuen Verbündeten alles erzählt. Tinkas Augen waren beim Zuhören immer größer geworden.

„… und jetzt haben wir natürlich eine Frage: Sind auch in anderen Leuchttürmen Botschaften versteckt?“, schloss Jan die Erzählung.

Rocco nickte heftig. „Und?“

„Was, und?“ Tinka schüttelte ihre Locken, als müsste sie das eben Gehörte dadurch noch sortieren.

„Hast du auch mal welche gefunden?“, half ihr Nele auf die Sprünge.

Wieder schüttelte Tinka den Kopf. „Wir packen die ja gar nicht aus. Man muss nur schauen, welcher Leuchtturm wo drin ist. Das stimmt manchmal nicht mit dem Etikett überein. Die Kunden wollen ja meistens einen ganz bestimmten Leuchtturm. Und aufdrehen und reingucken? Das machen wir nie.“

„Dann tun wir es jetzt!“, verkündete Jan und stand auf.

„Jetzt?“, fragte Tinka ungläubig. „Aber warum eigentlich nicht? Ich schließe vorn schnell den Laden ab.“

„Nicht schlecht.“ Rocco klatschte zufrieden in die Hände.

Eine halbe Stunde später hatten die vier alle Pfeffermühlen untersucht und elf weitere Papierschnipsel gefunden. Sie lagen vor ihnen auf dem langen Packtisch. Rechts davon türmten sich große und kleine Kartons, Klebeband und Scheren.

„Ein paar der Papierstreifen haben wieder blaue Striche oder Halbkreise! Und auf jedem stehen merkwürdige Wörter, genau wie bei den anderen Schnipseln, die wir schon gefunden haben“, stellte Rocco fest.

Nele las vor: „‚Harpactira lineata, Ideothele mira, Melognatus dromeus‘.“

„Klingt nach Zauberformeln“, bemerkte Jan.

„Aber immer dahinter dieses ‚Spider-SOS‘. Als würde jemand um Hilfe rufen.“ Nele schrieb die Wörter in ihr Notizbuch ab. „Wartet, ich sehe online nach, was das bedeutet.“ Sie holte ihr Handy aus der Tasche. „Mist, kein Netz!“

Tinka hob entschuldigend die Schultern. „Ja, das ist hier sehr schwach manchmal. Dann muss es ohne gehen. Die Frage ist doch: Wer braucht hier Hilfe? SOS – das ist doch der Hilferuf aus der Seemannssprache.“ Tinka sah sich noch einmal nacheinander die Papierschnipsel an. „Und ‚Spider‘? Wie ‚Spinne‘ auf Englisch?“

Rocco hieb entschlossen mit der Faust auf den Tisch, sodass die Karten hochhüpften. „Das werden wir herausfinden! Und auch, wer hier Hilfe braucht.“

„Mal sehen. Welche Anhaltspunkte haben wir?“, überlegte

Jan. „Die Papierschnipsel haben wir ausschließlich in den Pfeffermühlen gefunden. Die Salzstreuer sind leer. Und es betrifft auch nur die Nachbildungen von unserem Leuchtturm in Breeksiel.“

Nele machte sich erneut Notizen. Vielleicht wurde das alles noch wichtig. „Also will die Person mit ihrem Hilferuf vor allem die Menschen in Breeksiel erreichen“, kombinierte sie.

„Das scheint wirklich ernst zu sein. Wir müssen etwas tun!“ Tinka blickte erst Nele, dann Rocco und Jan an.

„Wir?“ Jan sah hoch.

„Dieses Rätsel lasse ich mir doch nicht entgehen!“ Tinka lachte und blies sich eine Locke aus der Stirn. „Jetzt wird es richtig spannend. Denn Geert hat sich die Kartons mit den Pfeffermühlen auch genauer angeguckt.“

„Woher weißt du das denn?“, fragte Rocco.

Tinka lächelte ihn geheimnisvoll an.

Welche Spur führte zu Geert?

KAPITEL 7

Spur nach Holland

„Gut beobachtet!“ Jan schlug sich leicht gegen die Stirn. Er hatte Geerts schwarz glänzende Visitenkarte in dem umgefallenen Karton entdeckt.

„Die ist ihm vielleicht herausgefallen, als er sich vorgebeugt hat. Die Karte, die er mir vorhin gegeben hat, hat er aus seiner Jackentasche gezogen“, erinnerte er sich.

Rocco brummte zustimmend. „Hmm. Also hat er die Kartons mit den Pfeffermühlen durchsucht.“

Tinka schüttelte energisch den Kopf. „Das ist komisch, denn er guckt sonst nie in die Kartons. Er ist sowieso ziemlich faul.“

„Aber hier hat er reingesehen, wie die Karte beweist.“ Rocco hielt sie noch einmal hoch. „Nur warum?“

„Wenn er von den Papierschnipseln wüsste, hätte er sie ja gefunden“, meinte Nele. „Das passt alles nicht zusammen.“

Jan griff nach einer der Pfeffermühlen. „Noch mal von vorn. Diese Papierschnipsel hat jemand reingetan, der die Leuchttürme in der Hand hatte. Vielleicht die Person, die sie gebaut oder zusammengeschraubt hat?"

„Oder bemalt", wandte Nele ein.

„Oder verpackt", ergänzte Tinka.

Jan nahm eine der Pappschachteln in die Hand und untersuchte sie. „‚Gele Produktion, Geert Lefzen & Henk van de Leut, Fleutenhaven, Niederlande'. Das ist unser Geert, oder?" Er zog die schwarze Visitenkarte aus der Tasche. „Stimmt. Dann besitzt er zwei Läden? Diesen hier und den in Holland?"

Tinka zuckte mit den Schultern. „Das ist mir neu. Könnte das verdächtig sein?"

„Vielleicht ist er einfach an beiden Unternehmen beteiligt", erwiderte Rocco.

„Eine Spur ist es trotzdem", wandte Nele ein. „Tinka, vielleicht kannst du bei deinem Vater im Büro etwas über diese Firma in Holland herausbekommen."

Tinka nickte.

„Und der verkauft auch echte Fliesenbilder? Das kann ich mir kaum vorstellen. *‚Gele'* – klingt irgendwie klebrig." Jan tat so, als wischte er sich etwas in seine Haare.

„Schmierig." Rocco machte es ihm nach.

„Geertig eben." Tinka und Nele lachten.

Nele, Jan und Rocco saßen wenig später auf ihren Fahrrädern und kämpften vor der nächsten Kurve gegen den Wind.

„Und wie machen wir jetzt weiter?“, rief Jan den anderen beiden keuchend zu.

„Tinka will sich melden, wenn sie mehr über Geert und seine Firma in Holland herausgefunden hat.“ Rocco beugte sich tiefer über den Lenker.

„Und wir müssen uns die Schnipsel noch einmal ganz genau anschauen“, meinte Nele und trat kräftiger in die Pedale.

„Dass du uns heute besuchen kommst, Hannes!“, rief Dete Methlefsen überrascht und trocknete sich die Hände an ihrer Schürze ab. „Es ist sogar noch Kuchen da. Wir waren mit Harre Brandt verabredet, er ist gerade erst weg. Rude trägt sogar einen Anzug. Sonst sitzt er ja immer in Strickjacke vor seinen Büchern.“

Opa Hannes musste sich bücken, als er in das Friesenhaus auf der Königswarft trat. „Moin, Dete. Wenn das so ist, zu Kuchen sage ich nicht Nein. Was wollte denn der Tourismus-Chef bei euch? Wieder etwas über die versunkene Insel Rungholt wissen?“

Dete lachte kurz. „Nein, nein. Er war wegen der Fliesen da. Komm doch rein, Hannes.“

Detes Mann, Rude Methlefsen, war früher Schulmeister ge-

wesen, wie er es immer noch nannte. Lehrer, das klang ihm viel zu modern. Aber dann hatte er sich der Forschung zugewandt und in einem Buch behauptet, er wisse genau, wo Rungholt gelegen hätte, die versunkene und sagenumwobene Insel in der Nordsee. Sie ist bei einer Flut vor vielen Hundert Jahren im Meer verschwunden. Sein Buch über diese Geschichte hatte sich sehr gut verkauft, es war sogar in mehrere Sprachen übersetzt worden.

„Moin, Hannes. Ist ja ordentlich Betrieb hier. Willst du auch, dass ich eine Rede bei der Fliesenausstellung halte?“ Rude schielte über den Brillenrand, sein weißes Haar stand ihm vom Kopf ab. Sein Händedruck war kräftiger, als Opa Hannes es erwartet hatte.

„Nein, keine Sorge. Ich wollte nur so mal reingucken.“ Opa Hannes setzte sich in der Stube auf das kleine Sofa.

„Harre Brandt plant eine Fliesenausstellung. Und ich soll da eine Rede halten.“ Rude setzte sich in einen der Armlehnstühle am Tisch. Sein Anzug war ihm viel zu groß, bemerkte Opa Hannes.

„Ach ja, die Ausstellung.“ Opa Hannes hatte davon gehört. Um noch mehr Touristen anzulocken, sollte es bald eine große Schau mit antiken Fliesen geben, auf denen die Segelschiffe der alten Friesen abgebildet waren. Harre Brandt vom Tourismus-Büro hatte die Idee dazu gehabt.

Opa Hannes stutzte. Schon wieder ging es um Fliesen! War das Zufall?

Dete schenkte ihm eine Tasse Kaffee ein. Opa Hannes nahm sich ein wenig Milch. „Wie läuft es denn mit der Vorbereitung der Ausstellung, Rude?“

„Oh, sie sind ganz schön weit. Aber das musst du Harre selbst fragen, der regelt das alles. Er will sogar den Friesensaal im Rathaus dafür reservieren. Und da soll ich dann meine Rede über die Fliesenbilder und die Schiffe halten. Und natürlich über Rungholt.“

„Ja, da bist du genau der Richtige, Rude“, meinte Opa Hannes und trank einen Schluck. „Aber allein war er ja nicht da, nicht wahr?“ Er stellte seine Tasse wieder ab.

Dete und Rude Methlefsen sahen ihn entgeistert an. „Woher weißt du das denn?“

Woher wusste Opa Hannes, dass der Tourismus-Chef nicht allein gewesen war?

KAPITEL 8

Überraschungsbesuch

„Ich hätte das schmutzige Geschirr vielleicht mal in die Küche bringen sollen.“ Dete lachte verlegen und schob den Teewagen ein Stück weiter. „Harre war mit einem jungen Mann da, der hatte eine Brille mit dicken Gläsern auf der Nase.“

„Und was wollte er?“ Opa Hannes lächelte dankend, als Dete ihm ein Stück Kuchen auf den Teller schob.

„Der hilft Harre wohl bei der Ausstellung, weil er Kunstgeschichte studiert hat. Er hat aber nicht viel gesagt. Und dann wollte er sich unser Fliesenbild ansehen.“

Opa Hannes nickte nachdenklich. Genau wegen dieses großen Fliesenbildes war auch er zum Ehepaar Methlefsen gekommen. Es hing im Flur des alten Friesenhauses und setzte sich aus zwölf Fliesen zusammen. Die Malerei zeigte ein altes Segelschiff. Das Bild war über 300 Jahre alt und ziemlich wertvoll. Unter Heimatforschern war es sehr bekannt. Und es war genau das Bild aus dem Fotoband, welches er vorhin gesehen hatte.

„Euer Fliesenbild hat er sicher sehr bewundert, was? So ein altes und prächtiges Original. Es ist sogar in einem meiner Bildbände abgedruckt", sagte Opa Hannes.

Rude nickte. „Ja, und mit dem Handy hat der junge Mann Bilder davon gemacht. Für die Ausstellung will er eine Kopie davon mitbringen, hat er gesagt. Aber …", der alte Mann hob seinen knochigen Finger, „… immer erwähnen, dass das Original bei uns hängt!"

„Dabei ist die eine Fliese oben rechts am Rand schon mal ausgebessert worden." Dete kicherte. „Das weiß aber keiner. Nicht wahr, Rude?"

Der war auf einmal ganz ernst und legte den Finger auf die Lippen. „Ist doch auch nur der Rand."

Opa Hannes verstand. „Von mir hört keiner ein Wort. Versprochen."

Nele saß schon eine Weile auf dem Zaun vor der Werkstatt. Der Nachbar der Asmussens, Karl Pötensen, zog seinen Gartenschlauch hinter sich her. „Kann man helfen, junge Dame?“

„Nein, nein. Ich warte“, erwiderte Nele.

Karl Pötensen schob seine Brille höher. „Keiner da? Rolf ist bestimmt schon im POTTWAL, Opa Hannes wohl unterwegs. Und Rocco, na, der flattert hier ja sowieso rum, wie er will. Da kommt man ja gar nicht mit.“

Nele nahm ihr Handy aus der Tasche und tat, als höre sie nicht, was der Nachbar sagte. Dann ging er endlich und sprengte weiter seinen Rasen. Nele war am Nachmittag schon bei Jan gewesen und hatte ihm bei den Hausaufgaben geholfen. Und jetzt, nach dem Abendbrot, wollte sie auch bei Rocco vorbeischauen.

„Hallo? Käpt’n?“, erklang eine tiefe Stimme.

Sie blickte auf. Ein Mann mit längerem dunklen Haar stand vor ihr.

„Hier ist kein Käpt’n. Ich warte auch“, entgegnete Nele.

„Phung.“ Der Mann reichte ihr seine große Hand und lächelte.

„Wie bitte?“ Nele zögerte.

„Phung. Das ist mein Name. Freunde sagen Phung zu mir. Feinde auch. Meine Mama. Meine Frau und bald wohl auch meine kleine Tochter. Und der Wind natürlich.“ Er lachte und hielt weiter seine Hand gestreckt.

Nele ergriff sie und schüttelte sie knapp. „Nele. Ich bin eine Freundin von Rocco.“

„Schön, dich zu treffen, Nele.“ Phung lächelte und betrachtete die angehängten Rettungsringe und Windspiele an der Werkstatttür, drehte am Wetterhahn und schlug einmal an die alte Schiffsglocke am Eingang. „Geht es den Männern gut? Wo sind sie denn alle?“

Nele zuckte ratlos mit den Schultern.

Das Klappern eines Fahrrades auf dem Schotterweg unterbrach ihr Gespräch.

„Da bist du ja!“ Der Mann war vor Rocco auf den Weg gesprungen. Er holte mit einem Bein Schwung und – Nele rutschte ungläubig vom Zaun – stand plötzlich auf den Händen. Auf diese Weise lief er Rocco ein paar Schritte entgegen. Nele bemerkte einige Tätowierungen am Arm und am Hals.

„Phung, der Pirat, ist da!“ Rocco ließ das Rad ins Gras fallen und sprang auf ihn zu.

Phung ächzte, machte noch zwei kleine Schritte mit den Händen, dann ließ er sich hintenüberfallen und landete auf den Füßen. „Und er stellte die Welt auf den Kopf. Zumindest für ein paar Minuten, länger geht es nicht mehr, Rocco.“

Sie umarmten sich. Nele kam sich ein wenig komisch vor. Sie trat einen Schritt vor. Sollte sie vielleicht mal husten?

„Rocco, du hast Besuch. Gib mir mal den Schlüssel", forderte Phung ihn auf.

„Nele!" Rocco warf Phung seinen Schlüsselbund zu.

„Ich wollte nur mal fragen, ob du bei Mathe Hilfe gebrauchen kannst?", sagte sie zögernd.

Er grinste. „Unbedingt."

Nele holte eine Kaugummipackung aus der Tasche und bot Rocco einen an. Aus dem Haus hörten sie das Klappern von Töpfen und Pfannen.

„Wer ist das denn?", wollte sie wissen.

„Der beste Freund meines Vaters, Phung. Die sind früher auf demselben Schiff zur See gefahren. Er ist Schiffskoch und kommt uns ab und zu besuchen, wenn er Landgang hat. Willst du vielleicht zum Essen bleiben? Phung kocht fantastisch."

Nele sah auf die Uhr. „Nein, ich muss bald wieder nach Hause."

„Und Mathe? Ich hätte da noch ein paar Fragen. Die Aufgaben mach ich dann nachher. Ganz bestimmt." Rocco flitzte ins Haus und nach oben, um sein Matheheft zu holen.

Nele schüttelte grinsend den Kopf und folgte ihm.

Opa Hannes schob ein paar Stunden später den Küchentisch ein wenig nach vorn. Er brauchte jetzt Platz. Dann schnallte er sich das Schifferklavier vor seinen Bauch. Rocco hatte die Bongos aus der Klabauterbude geholt. Und Phung stimmte die alte Geige, die das ganze Jahr über an der Werkstattwand hing.

„Ihr solltet die im Herbst besser reinholen. Sie wird in der Kälte nicht besser", meinte er und strich über die vier Saiten.

Opa Hannes spielte einige Töne an. Phung und Rocco stimmten ein. Es war das schönste und wohl auch schrägste Seemannslied, das man je an einem Montagabend in Breeksiel gehört hatte. Sie spielten das Lied immer weiter, sangen dazu, dachten sich neue Strophen aus, bis sie nicht mehr konnten und lachend die Instrumente niederlegten.

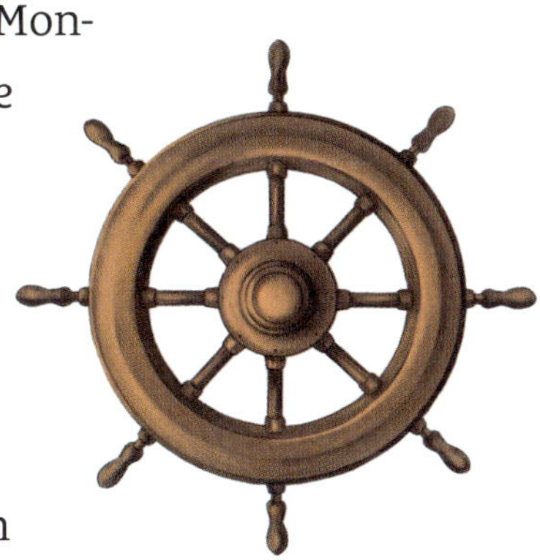

„Ich habe seit einiger Zeit einen neuen Job", erklärte Phung.

„Dann bist du jetzt auch ganz von Bord gegangen, Phung? Fährst nicht weiter zur See? Kaum zu glauben." Opa Hannes legte seine Hand auf Phungs Schulter.

„Es gibt noch etwas zu erzählen, Männer!" Phung lächelte breit. „Ich bin Vater geworden. Eine kleine Tochter haben wir, sie ist schon fast ein Jahr alt. Deiner Freundin habe ich das vorhin bereits erzählt."

„Sie ist nicht meine …“ Rocco winkte ab. „Ist ja egal. Ich weiß dafür aber, was dein neuer Job ist.“

Opa Hannes drehte sich zu seinem Enkel. „Ja? Woher denn? Unser Phung hat doch noch gar nichts erzählt.

Rocco grinste. „Das stimmt. Aber ich habe trotzdem klare Beweise.“

Welchen Hinweis auf Phungs neuen Job hat Rocco entdeckt?

ROCCO
Chef Koch
12.07.

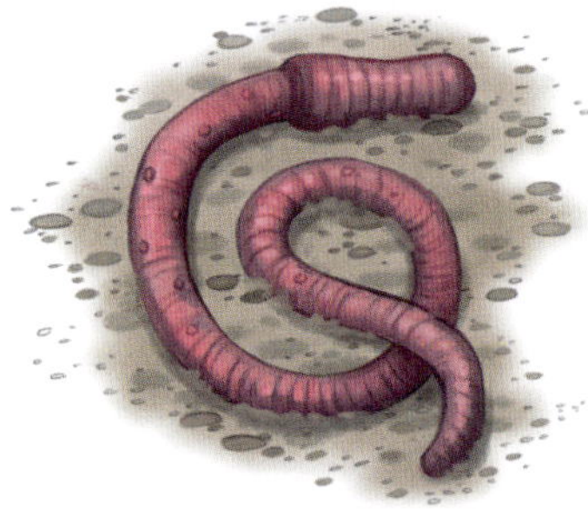

KAPITEL 9

Rätselhafte Wörter

„Ach, da liegt ja ein Flyer. Mit Phung als Koch drauf!“ Opa Hannes betrachtete den Werbezettel.

Phung nickte. „So ist es, ich werde in verschiedenen Gasthäusern kochen. Ein neuer Gewürzgroßhändler versucht, in Norddeutschland ins Geschäft zu kommen. Und damit das klappt, koche ich in einigen Lokalen mit seinen Gewürzen als Werbung. Vor allem handelt er mit Pfeffer.“

„Pfeffer? Und das lohnt sich?“, fragte Rocco ungläubig. „Den gibt es doch in jedem Supermarkt.“ Beim Wort „Pfeffer“ war er allerdings hellhörig geworden.

„Wenn du wüsstest!“, gab Phung gespielt entrüstet zurück.

„Pfeffer, mein Enkelsohn …“, begann Opa Hannes, „… ist immer noch ausgesprochen kostbar. Früher war er das noch viel mehr und wurde wie Gold gehandelt. Man spricht in Hamburg zum Beispiel vom ‚Pfeffersack‘, wenn man eine reiche Person meint.“

„Ganz so teuer ist unser Pfeffer nicht. Aber sehr gut. Szechuanpfeffer aus China. Schwarzer Pfeffer aus Brasilien. Weißer Pfeffer aus Afrika.“

„Interessant“, kommentierte Rocco.

Phung lachte auf. „Finde ich auch. Mal sehen, vielleicht ergibt sich ja ein fester Job daraus!“

„Und mein Job ist es jetzt, unseren Rocco ins Bett zu stecken“, warf Opa Hannes ein. „Anker lichten, meine Herren!“

Phung zwinkerte Rocco zu. „Gut. Dann gute Nacht. Und ich gehe rüber in den POTTWAL.“

„Phung, du schläfst in der oberen Gäste-Kajüte. Ich mach das Bett klar für dich“, sagte Opa Hannes.

„Aye, Käpt’n!“

Rocco stand auf. „Gute Nacht, Opa. Gute Nacht, Phung.“ Er zwinkerte zurück.

„Gute Nacht, Männer!“ Phung blieb noch einen Moment lang in der Tür stehen und lächelte. Dann ging er.

Jan konnte nicht schlafen. Die Sache mit den Leuchttürmen ging ihm nicht aus dem Kopf. Was waren das für Wörter auf den kleinen Zetteln? An eines konnte er sich erinnern: Grammostola borelli. Und: Spider-SOS.

Er stand von seinem Bett auf. Wo war das große Buch über Spinnen, das er einmal zu Weihnachten bekommen hatte?

Hier. Er blätterte darin. Es gab so viele Arten und viele davon fand Jan faszinierend. Die Spinnen hatten immer einen deutschen Namen und einen zweiten, wissenschaftlichen Namen. Die Wasserspinne hieß zum Beispiel auch Argyroneta aquatica.

Jan sagte den schwierigen Namen einmal leise vor sich hin. Dann blätterte er hektisch nach hinten. Denn dort war ein Verzeichnis mit wissenschaftlichen Namen!

„Grammostola borelli" – da stand es. „Eine Vogelspinne?" Ach, hätten sie doch schon vorhin online die komischen Namen überprüft! Nach dem ersten Versuch bei

Tinka mit dem schlechten Internet hatten sie es einfach vergessen!

Jan hatte plötzlich einen starken Verdacht. Das musste er klären, noch heute Abend.

Er warf das Buch auf sein Bett, leider fiel es daneben. Es polterte laut. Leise öffnete er seine Zimmertür.

Niemand war zu sehen.

Sein Handy musste er neuerdings abends abgeben. Seine Eltern wollten, dass er in Ruhe schlafen konnte, und er hatte es an den letzten Abenden etwas übertrieben mit seiner Lieblings-Spiele-App. Aber heute war eine Ausnahme und er brauchte sein Handy! Es lag, wie die Smartphones seiner Eltern, in einem kleinen Schrank neben der Garderobe im Flur.

„Jan?“

Er drehte sich um. Seine kleine Schwester blinzelte in den Flur.

„Oh, Mona. Kannst du nicht schlafen?“

„Ich habe ein Geräusch gehört“, sagte sie gähnend.

„Tut mir leid, das war ein Buch von mir, das runtergefallen ist. Ich muss noch mal nach unten gehen und kurz mein Handy holen.“

Sie nickte. „Aber mach bitte schnell. Ich passe dann so lange auf, dass Mama und Papa nicht aus dem Wohnzimmer kommen."

Jan hob den Daumen und Mona streckte ihren ebenfalls nach oben.

Wenig später saß Jan wieder im Bett und tippte eifrig. Mona war auch wieder schlafen gegangen. Er hatte sich noch stumm bei seiner Schwester bedankt.

Sein Handy brummte. Es war eine Antwort von Nele. Auch sie hatte inzwischen online gesucht und die anderen Namen aus ihrem Notizbuch am Laptop ihrer Eltern überprüft.

Du hattest recht, sind alles Spinnennamen. Und zwar von Vogelspinnen! Hätten wir vielleicht schon eher nachsehen sollen.

Jan schrieb *Danke* an Nele, dann tippte er noch eine Nachricht an Rocco. *Das Rätsel der komischen Wörter auf den Karten ist gelöst. Morgen mehr!*

Er stellte sein Handy stumm, morgen früh würde er es wieder zurücklegen, noch bevor seine Eltern es merken konnten. Dann löschte er das Licht und schlief zufrieden ein.

In einer kleinen Stadt weiter weg konnte noch jemand nicht schlafen. Es war Hin van Breemen, der spät in der Werkstatt arbeitete. Das war nicht anders zu machen, denn es sollte ja niemand etwas mitbekommen. Draußen fuhr ein Auto vorbei, dann war es wieder ganz still.

Hin seufzte und fuhr sich mit den Händen durch das sommersprossige Gesicht. „Ihr armen Tierchen!“, brummte er.

Aber leider musste er das hier tun, weil er ziemlich hohe Schulden bei Henk hatte. Er hatte beim Pokern sehr viel Geld verloren. Zu dumm, dass auch die Polizei davon erfahren hatte. Denn solche Glücksspiele um viel Geld waren verboten und sie hatten ihn schon einmal erwischt und mit einem Bußgeld davonkommen lassen. Diesmal war er verhört worden und Henk hatte ihm aus der Patsche geholfen. Und weil er Henk damit einen Gefallen schuldete, saß er nun hier und musste Dinge tun, die er nicht tun wollte. Wenn er nicht spurte, würde Henk ihn an die Polizei verraten und das bedeutete noch mehr Schulden oder sogar Gefängnis.

Hin seufzte noch einmal. Er schliff eine letzte Ecke von der Fliese weg und hielt sie gegen das Licht. Es war gute Arbeit. Kein Wunder, denn eigentlich war er Fliesenmaler von Beruf. Mit Fliesen kannte er sich aus, vor allem mit denen, die aus Fleutenhaven kamen. Die aufgemalten Motive, besonders die alten Schiffe, waren seine Spezialität.

Nun setzte er sich gerade hin. „Na, dann mal wieder an die Arbeit. Die Bilder malen sich schließlich nicht von selbst ab", murmelte er und nahm seinen Pinsel. Doch da fielen ihm fünf Fehler auf, die ihm unterlaufen waren.

Findest du die fünf Fehler auf dem Fliesenbild?

KAPITEL 10

Achtung, Sackgasse!

„Na, fünf Fehler habe ich gemacht?“ Hin schüttelte leise lachend den Kopf über sich und begann, die Unterschiede auszugleichen. Er hatte auf dem abgemalten Bild die Fahne am vorderen Schiff, den Körper des Wals, einen Vogel, ein Bullauge und einen Felsen vergessen.

Es war auch eine schlaflose Nacht für Tinka Broders in Godensharde. Sie hörte ihren Vater schnarchen – das war die Gelegenheit! Tinka stand auf, zog sich eine Jacke über und ging hinunter ins Büro. Angst hatte sie keine. Draußen schrien ein paar Möwen.

Tinka klappte einen Aktenordner auf. „Geert Lefzen – Kontakte“ stand darauf. Das könnte der richtige sein. Tatsächlich standen Adressen und Namen von seinen Geschäftspartnern und Lieferanten drin.

Würde sie hier mehr herausbekommen über Gele Produktion, Geerts zweite Firma in Holland? Von der sie die Pfeffermühlen und anderen Leuchttürme bekamen?

Tinka blätterte durch den Ordner. Sie entdeckte nichts Verdächtiges. Aber warum sagte Geert dann nicht einfach, dass er zwei Firmen besaß?

Nanu? Etwas nahm auf einmal ihren Blick gefangen. Das änderte alles! Mitten zwischen den Adressen war eine alte Zeitung eingeheftet.

„Seltene Spinnenarten – begehrte Schmuggelware – Polizei sucht Hintermänner“, lautete die Schlagzeile.

Das waren ja Neuigkeiten! Tinka las den Artikel aufmerksam durch. Er beschrieb, wie seltene Spinnen ins Land geschmuggelt und für viel Geld an Sammler verkauft wurden.

In dem alten Zeitungartikel stand auch, dass die Polizei durch Zufall einige Spinnen gefunden hatte, versteckt in verschiedenen Importwaren.

Jetzt suchte die Polizei die Schmuggler selbst. Eine heiße Spur hatte sie aber offenbar noch nicht.

Tinka holte ihr Handy aus der Tasche und fotografierte den Zeitungsartikel ab. Das würde die Küstencrew sicher interessieren.

Am nächsten Morgen war Rocco wieder mal ein bisschen zu spät in die Schule gekommen. Und so war Direktor Pilenz sowieso nicht gut auf ihn zu sprechen.

„Rocco Asmussen. Das reicht. Dein Handy, bitte!"

Mist. Jetzt hatte Direktor Pilenz ihn erwischt. Rocco warf Jan einen langen Blick zu und hob dann seinen Kopf. Er wischte sich die Haare aus dem Gesicht. „Herr Direktor?" Er lächelte.

„Dein Handy, bitte. Und es heißt ‚Herr Pilenz', nicht ‚Herr Direktor'."

„Sehr wohl, Herr Direktor Pilenz."

Die Klasse lachte. Nele, Rocco und Jan nutzten den Moment, um noch ein paar Blicke zu tauschen.

Rocco machte Zeichen, dass Jan ihm sein Handy geben solle. Der schüttelte kaum merklich den Kopf. Auch Nele blickte fragend zu ihm.

Warum sollte Jan das tun?

„Dein Handy, bitte." Herr Pilenz war gnadenlos. Sein Blick schoss drohend durch das Klassenzimmer.

Rocco räusperte sich. „Mein Handy? Ja …" Er stand auf, stolperte über seine Tasche und wischte – wie nebenbei – Jans Federmäppchen zu Boden. „So was Dummes."

Jan stand auch auf.

Nele meldete sich.

„Ja bitte, Nele?“

„Hätte vielleicht jemand ein Taschentuch? Ich habe meine zu Hause vergessen!“ Sie lächelte und tat dann ziemlich laut so, als würde sie niesen.

Das machte sie mit Absicht, um die anderen abzulenken. Auch wenn Nele nicht recht wusste, was die beiden Jungen vorhatten.

Rocco nickte Jan zu. Der ließ unauffällig sein Handy aus der Tasche gleiten, Rocco steckte es ein, während beide umständlich ihre Stifte aufhoben.

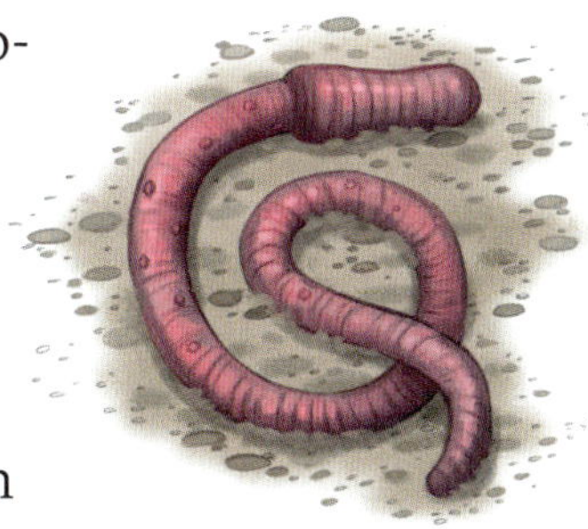

„Hier ist es, Herr Direktor.“ Kaum merklich sah Rocco zu Nele und nickte. Danke, sollte das heißen.

„Das kann dein Vater nachher in meiner Sprechstunde abholen.“

Rocco sagte nichts, obwohl er das nächste „Herr Direktor“ schon auf der Zunge hatte.

Jan sah ebenfalls einmal zu Nele, die zuckte aber auch nur unmerklich mit den Schultern.

„Sag mal, spinnst du? Mein Handy!“ In der Pause zog Jan Rocco hinter den Kastanienbaum auf dem Schulhof. Nele folgte ihnen.

„Nun reg dich mal ab. Das Handy kann Rolf später abholen.“ Rocco nestelte aufgeregt an seiner Jackentasche herum und holte schließlich sein eigenes Handy heraus. „Hier, das musste ich retten. Lest mal!“

Jan sah sich erst um. Wenn ein Lehrer sie erwischte, wäre das andere Handy auch noch weg. Nele war nicht so ängstlich, sie beugte sich vor.

Es war eine Nachricht von Tinka. *Hallo Küstencrew, dies liegt im Büro bei Geerts Sachen. Es geht in dem Artikel um geschmuggelte seltene Spinnen. Lest den mal genau durch. Könnte wichtig sein, oder?*

Jan sah auf. „Geschmuggelte Spinnen?“ Er schob seine Mütze ein Stück nach oben. „Nele, das hat sicher etwas mit den Spinnennamen von gestern Abend zu tun!“

Rasch erzählten sie Rocco, was die rätselhaften Wörter auf den Papierschnipseln bedeuteten.

„Nun müssen wir nur noch herausfinden, was das ‚SOS‘ heißen soll“, meinte Nele. „Will da jemand um Hilfe für die Spinnen bitten?“

Jan dachte kurz nach. „Ich glaube, wir haben eine richtig heiße Spur!“

Roccos Handy summte. „Moment, eine Nachricht von Phung.“

Phung schrieb: *Hey Rocco, Zeit für einen kleinen Job nachher im DEICHGRAF?*

Klar, antwortete Rocco.

Haben Jan und Nele vielleicht auch Zeit? Ich bräuchte euch drei bei einer Veranstaltung bei meinem neuen Job. Zwei Stunden. Ab 17 Uhr. Gibt auch ein bisschen Geld.

Rocco erzählte schnell Jan und Nele davon. Beide nickten.

„Um halb acht muss ich aber wieder zu Hause sein und auf meine Geschwister aufpassen“, wandte Nele ein.

„Das müsste doch passen. Okay?“ Rocco blickte zu Jan.

Sein Freund nickte. „Klingt aufregend“, meinte Jan und hatte die Spinnen schnell vergessen.

Und so schrieb Rocco zurück: *Klar. Wir kommen. Ahoi.*

Am späten Nachmittag wollte Nele gerade auf ihr Fahrrad steigen, um sich mit den anderen zu treffen.

„Guten Tag, junge Dame.“ Ein großer Geländewagen mit offenem Fenster hatte neben Nele gehalten.

Sie sah den Mann darin skeptisch an und machte sich zum Weglaufen bereit. Bei Fremden war sie stets vorsichtig, man wusste ja nie, was sie vorhatten.

„Dürfte ich die Dame um eine Auskunft bitten?“ Der Mann schob seine Sonnenbrille in die dunklen Haare, lehnte seinen Ellbogen aus dem Fenster und grinste. Nele bemerkte seinen karierten Anzug.

„Könntest du mir vielleicht den Weg zum Gasthaus DEICHGRAF erklären?“

„Klar“, Nele zeigte mit der Hand zur Umgehungsstraße.

„Da geht es lang. Aber dann wird es ein bisschen kompliziert. Hier gibt es viele Sackgassen.“

Findest du den richtigen Weg zum DEICHGRAF?

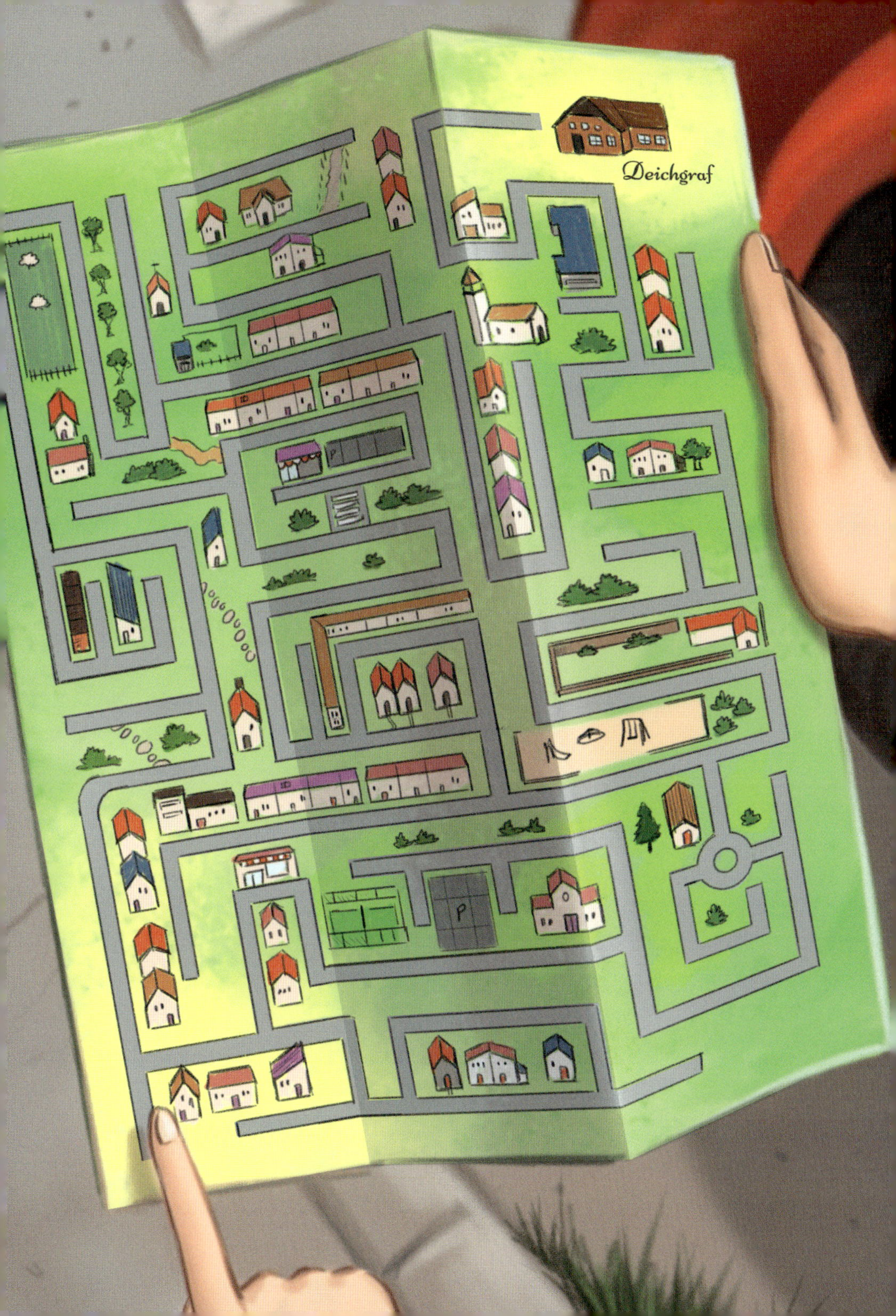
Deichgraf

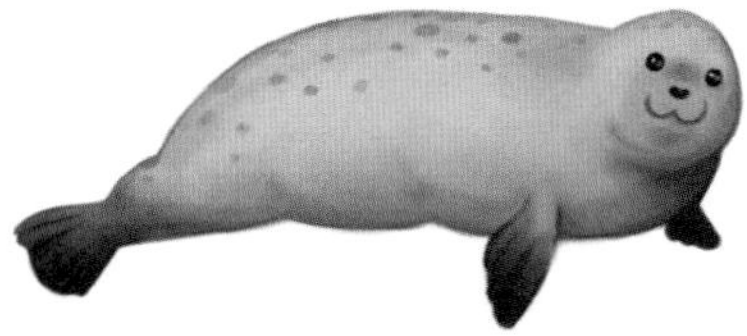

KAPITEL 11

Ein Holländer in Breeksiel

„Also, rechts abbiegen, dann links, wieder rechts, noch mal rechts, wieder links, dann rechts, dann links, dann noch mal links, die erste Ausfahrt im Kreisel, danach rechts weg, zweimal links, zweimal rechts, wieder zweimal links, wieder zweimal rechts, sofort erneut links, dann noch zweimal links und schließlich dreimal rechts abbiegen."

„Puh!" Der Mann in dem Geländewagen sah aus, als schwirrte ihm der Kopf.

Der Wagen brauste los. Und auch Nele schwang sich aufs Rad, sie musste sich beeilen, wenn sie nicht zu spät in den DEICHGRAF kommen wollte.

Wenig später war die Küstencrew fein herausgeputzt: Nele, Jan und Rocco trugen schwarze Westen und lange weiße Schürzen.

„Hätte ich das gewusst, hätte ich Nein gesagt. Ich sehe aus wie ein Pinguin.“ Jan schimpfte so leise, dass nur die anderen beiden es hören konnten. „Außerdem musste ich meine Mütze abnehmen!“

Der Wirt vom DEICHGRAF trat zu ihnen und kniff prüfend die Augen zusammen. „Habt ihr schon mal als Kellner gearbeitet?“

„Na ja, mein Vater arbeitet im POTTWAL hinter dem Tresen, da bekomme ich einiges mit“, meinte Rocco zögerlich.

„Ach, dann bist du der Sohn von Rolf. Und du?“ Der Wirt bohrte seinen fleischigen Zeigefinger in Jans Schulter.

„Ich decke zu Hause immer den Tisch. Zählt das auch?“ Jan hatte dem Blick des Wirtes standgehalten. „Ich bin Jan Boysen.“

„Und ich bin Nele Ritter. Meine Eltern sind die Bäcker in der Hafenstraße.“

„Da habt ihr doch auch ein Café drin, oder? Dann seid ihr drei hier ja genau richtig.“ Der Mann klopfte ihr aufmunternd auf die Schulter. Nele sackte ein bisschen zusammen.

„Und außerdem …“ – er drehte sich zur offenen Küche um, die man vom Gastraum aus sehen konnte, und zeigte auf Phung, der heute ein Stirnband trug – „… hat unser Koch hier darauf bestanden, dass ihr den Job bekommt. Ist mir nur recht. Dann bleibt mir mein Kellner für den normalen Betrieb. Ist schwer, gutes Personal für die Saison zu bekommen."

Der Wirt trat nun in den Gastraum. Die Stehtische waren voll besetzt. Viele hatten wohl gehört, dass es heute etwas umsonst gab.

„Guten Abend, liebe Gäste. Freuen Sie sich heute auf abwechslungsreiche Häppchen mit den Gewürzen von Mister Pepperkorn!"

Ein stämmiger Herr mit karierter Weste und Locken trat vor und breitete seine Arme aus. Sein langer Schnurrbart hob sich, weil er so breit grinste.

Phung flüsterte ihnen aus der Küche zu: „Das ist mein Chef, Heinz Scharfeneck. Er heißt wirklich so. Aber er nennt sich gern Mister Pepperkorn. Passt mal auf, gleich erzählt er ganz viel von seinem Pfeffer und warum er so gut schmeckt. Und er macht furchtbar schlechte Witze und Reime. Aber sonst ist er ziemlich in Ordnung."

„Pfeffer, das ist die Würze des Lebens." Heinz Scharfeneck breitete schon wieder seine Arme aus und schwenkte seinen großen Bauch nach rechts und links. „Ich weiß, wovon ich rede, meine Damen und Herren. Ich bin seit 1985 Gewürzkaufmann. Darf ich mich vorstellen – Mister Pepperkorn persönlich!" Er verbeugte sich. Einige Leute klatschten.

„Das merkt der große Hund und auch der kleine Kläffer: Essen ist lecker. Am besten mit Pfeffer!“, gab er zum Besten.

Niemand lachte oder klatschte.

„Der Spruch war aber mies“, flüsterte Nele.

„Essen mit Würze – und Kochen mit Schürze!“, setzte Mister Pepperkorn eins drauf.

„Der auch.“ Rocco konnte sich vor Lachen trotzdem kaum halten.

„Wartet, einen dritten Spruch hat er noch. Dann geht es mit dem Essen los.“ Phung richtete sich auf und nahm einen Kochlöffel in die Hand. Die Küstencrew stand bereit und wartete auf weitere Anweisungen.

Ein Handy klingelte. Es war Phungs. „Oh, jetzt schon?“, hörte Rocco ihn sagen. „Wie schön, dass ihr schon kommt, Anna. Ich freu mich auf dich und die Kleine!“

Rocco drehte den Kopf zu Phung und lächelte.

Der grinste zurück. „Meine Familie besucht uns bald.“

„Wann kommt denn nun der dritte Spruch?“ Jan hatte nichts mitbekommen und trat unruhig auf der Stelle.

„Mister Pepperkorn – Pfefferprodukte aus aller Welt. Wir freuen uns, Ihnen heute unseren ganz besonderen Piratenpfeffer zu präsentieren. Oder, wie ich immer sage: bei Bedarf – richtig scharf! Danke schön!“

Nele bemerkte, wie jetzt mehr Leute als vorher klatschten. Wahrscheinlich waren sie froh, dass er mit Reden fertig war.

„Jetzt geht es los!“ Phung hatte das Handy eingesteckt und stieß einen kurzen Pfiff aus.

„Was hat Phung denn eigentlich gekocht?“, flüsterte Jan an Rocco gewandt.

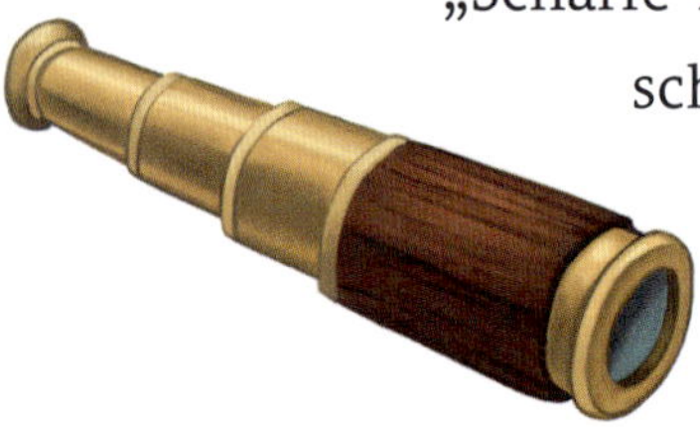

„Scharfe Häppchen. Die Gäste sollen ja die verschiedenen Pfeffersorten kennenlernen. Auf den Tischen liegen außerdem kleine Tüten mit Pfefferproben“, antwortete Rocco und drehte sich erneut zu Phung um.

Dieser stellte gerade die letzten Tellerchen auf ein Tablett, dann tippte er auf die Klingel an der Durchreiche. Das war ihr Zeichen. Die Kinder nahmen die vollen Tabletts mit den Tellern und schwärmten aus.

„So viele Leute sind hier! Die Aktion mit Mister Pepperkorn ist jetzt schon ein Erfolg. Und in den nächsten Tagen gibt es noch zwei weitere Veranstaltungen! Das lockt die Leute nach Breeksiel, ihr werdet schon sehen!“ Harre Brandt nahm einen Teller mit Häppchen vom Tablett, das Nele ihm anbot. Dann würzte er mit einem der bereitstehenden Pfefferstreuer nach. Er wählte schwarzen Pfeffer. „Ah, das riecht schon so scharf.“

Neben ihm stand die Bürgermeisterin von Breeksiel. Sie nahm ebenfalls ein Häppchen und würzte es reichlich mit weißem Pfeffer. „Wirklich gut", stimmte sie zu. Dann trank sie schnell etwas. Ist wohl doch zu scharf geworden, dachte Nele belustigt.

Harre Brandt sprach weiter: „Ja, ich sage dir: Wir bringen die Leute nach Breeksiel, und die bringen alle ihr Geld mit, die kaufen sich etwas und übernachten hier. Jetzt mit Mister Pepperkorn und seinem großartigen Koch geht es los. Und als Nächstes weiter mit der Fliesenausstellung!"

„Und das bringt Geld für die Gemeindekasse", ergänzte die Bürgermeisterin.

Nun kam Jan mit dem nächsten Tablett. „Möchten Sie kosten?" Er lächelte die Bürgermeisterin und den Tourismus-Chef von Breeksiel an. Beide nahmen sich noch eine Portion.

„Darf ich dir unseren Kunstexperten vorstellen: Laurenz Niemkötter. Sein Spezialgebiet: Fleutenhavener Fliesen, wie sie ja besonders oft hier in unserem schönen Breeksiel vorkommen. Er hilft uns bei der Wahl der Ausstellungsstücke." Harre Brandt winkte einen jungen Mann mit dicken Brillengläsern vom Nachbartisch herüber.

Rocco konnte ihm gerade noch mit seinem Tablett ausweichen. Der Mann trug karierte Hosen und eine dunkle Jacke.

„Guten Tag, Frau Bürgermeisterin." Laurenz Niemkötter lächelte höflich.

„Tag, Herr Niemkötter. Wie viele Menschen werden denn in die Fliesenausstellung kommen? Sie kostet uns ja ziemlich viel Geld. Da müssen schon ein paar Touristen nach Breeksiel reisen, damit sich das lohnt." Die Bürgermeisterin maß den Mann mit zusammengekniffenen Augen.

Der hustete verlegen. Rocco, der den anderen am Tisch gerade etwas anbot, unterdrückte ein Lachen. Der hatte wohl zu viel Pfeffer genommen! Überhaupt hatte er beobachtet, dass die Leute mit großem Appetit aßen. Viele probierten die verschiedenen Sorten auf den Tischen.

„Die Ausstellung zeigt alte Originalfliesen und Fotos von historischen Fliesenbildern in den Häusern hier im Ort." Lorenz Niemkötter lächelte vorsichtig. „Und wir haben einen günstigen Lieferanten aus Holland gefunden, der uns nachgemalte Fliesenbilder für die Ausstellung anfertigt."

„Lieferant?" Die Bürgermeisterin runzelte die Stirn, dann nahm sie sich ein weiteres Häppchen von Roccos Tablett. „Und der verkauft die dann auch bei der Ausstellung, oder wie?"

Harre Brandt drängte sich dazwischen und nahm auch noch ein Häppchen. „Genau, Gele Produktion, direkt aus Fleutenhaven. Wenn die etwas verkaufen, bekommen wir einen Anteil davon ab. So haben wir alle was davon. Breeksiel, der Händler …“

„Und du auch, Harre Brandt! Das nenne ich mal geschäftstüchtig.“ Die Bürgermeisterin hob ihr Wasserglas und trank hastig. „Ganz schön scharf.“

„Und wie der Zufall es will, ist einer der Geschäftsführer von Gele Produktion, also unserem Lieferanten, heute bei dieser Veranstaltung.“ Laurenz Niemkötter winkte quer durch den Saal.

Ein Gast war Nele besonders aufgefallen. Das war doch der dunkelhaarige Mann von vorhin mit dem Geländewagen! Sie folgte ihm unauffällig einmal quer durch den Raum bis an den Tisch der Bürgermeisterin.

„Guten Tag, Frau Bürgermeisterin, ich bin Henk van de Leut aus Fleutenhaven. Freut mich, Ihre Bekanntschaft zu machen.“ Henk strahlte und offenbarte dabei eine Reihe strahlend weißer Zähne.

„Na, so ein Zufall aber auch!“ Die Bürgermeisterin zog eine Augenbraue hoch.

„Was für ein schönes kleines Städtchen hier!“ Henk lächelte. „Wenn man nicht wüsste, dass das hier Deutschland ist, könnte man glatt denken, wir wären in Holland.“ Er lachte schallend. Harre Brandt lachte weniger laut mit.

„Gele Produktion steht Ihnen ganz zur Verfügung, um Ihren schönen Ort noch schöner zu machen!“ Der Holländer grinste wieder breit.

Nele zuckte zusammen. Gele Produktion? So hieß doch die andere Firma von Geert Lefzen und seinem Partner aus Holland! Und die hatten ihre Finger bei der Fliesenausstellung im Spiel? Nele sah sich um. Dann war das doch bestimmt der Partner von diesem komischen Geert!

„Und um uns schon jetzt zu bedanken, habe ich Ihnen ein zwölfteiliges Fliesenbild mit der Abbildung eines Segelschiffs als Geschenk mitgebracht!“ Der Holländer zeigte mit der Hand Richtung Wand, wo ein großes, flaches Paket lehnte. „Für Ihr Amtszimmer im Rathaus, Frau Bürgermeisterin.“

„Oh, vielen Dank, Herr van de Leut. Herzlich willkommen in Breeksiel! Auf gute Zusammenarbeit!“ Die Bürgermeisterin wirkte plötzlich sehr viel freundlicher und reichte ihm strahlend die Hand.

Nele balancierte ihr Tablett Richtung Küche. Sie hätte die Neuigkeit am liebsten sofort Rocco und Jan erzählt. Aber das ging nicht, denn gerade klopfte jemand mit dem Löffel an ein Glas. Alle wur-

den still. Nele, Jan und Rocco verzogen sich mit ihren Tabletts an den Rand.

In die Mitte des Raumes traten zwei Personen. Phung, mit Stirnband und Kochuniform, er wirkte nervös. Und sein Chef mit dem langen Schnurrbart, Heinz Scharfeneck.

„Dies ist unser Koch, der Ihnen heute die Würze und Schärfe unseres Pfeffers auf den Teller zaubert. Herr Phung Li!" Diesmal klatschten viele der Gäste. Einige mussten sich noch schnell ein weiteres Häppchen in den Mund stecken, um die Hände dafür frei zu haben.

Phung verbeugte sich. Man merkte ihm an, dass es ihm ein bisschen unangenehm war. Erst später, als er wieder in der Küche stand und noch einmal pfiff – „Nachschub, Kinder!" –, war der Koch wieder ganz in seinem Element.

„Bitte recht freundlich!" Heinz Scharfeneck alias Mister Pepperkorn ließ seine Kamera klicken. „Nur ein Foto für meine Website."

Die Veranstaltung war beinahe zu Ende. Die Gäste klatschten nach dem Foto und verabschiedeten sich langsam. Die Kinder sammelten die Gläser von den Tischen ein.

„Moment mal. Wo sind denn die ganzen Pfefferproben hin?“ Jan blickte sich um. Von den meisten Stehtischen waren die kleinen Tütchen verschwunden.

„Ha!“ Phung kam aus der Küche. „Das kennen wir schon. Nicht wahr, Heinz?“ Er lachte.

Dieser nickte. „Das ist ja auch Werbung für uns. Habe ich mit eingerechnet.“

Was ist mit den Pfefferproben geschehen – wie viele findest du?

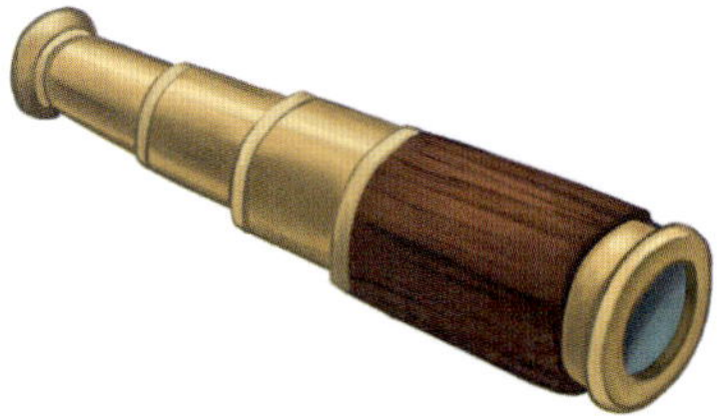

KAPITEL 12

Ausstellung mit Folgen

„Die Bürgermeisterin! Und auch Harre Brandt vom Tourismusbüro!“ Rocco staunte. „Also wirklich! Alle haben die Proben eingesteckt!“

Aus Harre Brandts Ärmel lugte ein Tütchen, die Bürgermeisterin und die blonde Frau hatten je eines in ihren Haaren versteckt und die Frau mit den dunklen Haaren nahm eines in ihren Stiefeln mit nach Hause. Außerdem hatte der Mann mit dem blauen Pullover eine Pfefferprobe in seine Kapuze geschmuggelt, während der Mann im Anzug eine in seiner Brusttasche und sein Gesprächspartner eine in seinem Hosenbund trug.

Die anderen kicherten.

„Es war eine schöne Veranstaltung. Die Leute haben gelacht, gegessen und getrunken. Die Stimmung war gut. Man hat sich wohlgefühlt im DEICHGRAF und das ist die Hauptsache", sagte der Wirt lächelnd. „Und ihr drei habt eure Sache wirklich gut gemacht. Schnell, unauffällig und höflich."

Der Wirt holte sein großes Portemonnaie aus der Tasche und zählte Geld für Nele, Jan und Rocco ab. „Gute Arbeit gegen gutes Geld, meine Dame, meine Herren. Und wenn ihr älter seid, könnt ihr hier bei mir anfangen. Oder in dem kleinen Turm am Deich, dem AUSGUCK, wenn ich den wieder öffne." Er grinste noch einmal und gab allen die Hand.

„Danke. Hat Spaß gemacht." Rocco steckte das Geld lose in die Innentasche seines Sakkos.

Jan setzte seine Mütze wieder auf. Nele winkte Phung zum Abschied.

„Nehmt etwas mit für eure Eltern! Das ist schließlich eine Werbeveranstaltung hier!" Heinz Scharfenecks Schnurrbart bog sich bei seinem Lächeln nach oben. Er gab ihnen allen noch Proben seiner Pfeffersorten mit. „Mit vielen Grüßen und bestem Dank von Mister Pepperkorn!"

Draußen setzte sich die Küstencrew erschöpft auf eine niedrige Mauer hinter dem Gasthof.

„Das war ja anstrengend. Aber ich habe zusätzlich noch Trinkgeld bekommen!" Rocco holte stolz ein paar Euromünzen hervor.

„Ich auch." Nele zog ihr Portemonnaie aus der Jackentasche.

„Ach Mensch, und ich? Nichts." Jan schüttelte den Kopf.

Nele und Rocco mussten nicht lange überlegen. Sie legten ihre Münzen auf der Mauer zusammen. Dann zählte Nele stumm und machte drei Haufen daraus.

Jan wollte erst abwehren, aber dann nahm er das Geld doch lächelnd an.

„Also, was wissen wir bis jetzt? Es soll eine Fliesenausstellung in Breeksiel geben. Und der Holländer Henk, der Partner vom schmierigen Geert, soll einige nachgemachte Fliesenbilder dafür liefern", fasste Rocco zusammen. „Mit geschmuggelten Spinnen hat das erst mal nichts zu tun, oder?"

Nele zog ihr Notizbuch aus der Tasche und blätterte ein wenig. „Und wenn die Fliesensache nur Tarnung ist?"

„Oder wenn die Spinnen irgendwie in den Fliesenbildern versteckt sind?" Jan sah seine Freunde zweifelnd an.

Rocco schüttelte den Kopf. „Nein, das kann ich mir bei Vogelspinnen nicht vorstellen. Wie schade, dass dieser Henk schon wieder weg ist. Sonst hätten wir uns den noch einmal etwas genauer ansehen können."

Hin van Breemen räumte das Klebeband zurück ins Regal. Er fuhr sich seufzend mit der Hand durch die kurzen Haare und strich missmutig sein durchgewetztes Hemd glatt. Seit er für Henk schuftete, musste er jeden Cent abdrücken und konnte sich nur das Nötigste leisten. Nicht mal Ersatz für sein löchriges Karohemd.

Am Nachmittag hatte er Bestellungen zur Post gebracht, vier Leuchtturm-Pfeffermühlen.

„Papa?“ Tinka klopfte an die Bürotür.

„Ja?“

„Woher kennst du eigentlich Geert?“, fragte sie.

Hein Broders fuhr im quietschenden Drehstuhl herum. Seine Lesebrille saß vorn auf der Nasenspitze. Er musste sich sehr konzentrieren, damit er bei all den Rechnungen den Überblick behielt. Den Papierkram im Büro mochte er gar nicht, lieber sprach er direkt mit Kunden.

„Er kam eines Tages hier hereingeweht. Ich kannte ihn vorher nicht. Warum?“

Tinka schob sich durch die Bürotür, die sich vor lauter herumstehenden Katalogen und Aktenordnern nicht ganz öffnen ließ. „Weißt du denn, wo er herkommt?“

„Er lebt wohl nahe der holländischen Grenze und hat dort gute Kontakte. Die Leuchtturm-Pfeffermühlen laufen super.

Und jetzt könnten wir auch mit Fliesen groß einsteigen, als exklusive Verkäufer für Fleutenhavener Fliesen in Deutschland. In Breeksiel gibt es doch ab morgen eine Ausstellung. Da können wir auch unsere Sachen an einem Stand präsentieren."

Tinka nickte zögerlich.

„Geert holt gerade die erste Fuhre. Das hier wird noch ein richtig vornehmer Laden!" Hein Broders sah glücklich aus.

„Kann ich zur Ausstellung nach Breeksiel mitkommen?", fragte Tinka.

Ihr Vater lächelte. „Sehr gern. Freut mich, dass dich das interessiert."

Rocco zählte das verdiente Geld auf dem Fußboden. Es klopfte an seiner Zimmertür.

„Ja?"

„Ich bin's." Opa Hannes schob sich ins Zimmer und ließ sich auf das Bett fallen. „Sag mal, seid ihr eigentlich mit den Pfeffermühlen schon weitergekommen?"

Rocco berichtete vom Großhändler Hein Broders und seiner Tochter Tinka, die ihnen geholfen hatte. „Wir haben noch mehr Papierschnipsel gefunden, Opa!" Rocco stand auf und suchte in den tiefen Taschen seines Sakkos. „Hier sind ein paar davon."

Opa Hannes legte die Papierstreifen neben sich auf das Bett. Er blickte nachdenklich darauf. „Ich hab auch was gefunden."

Er drehte die Zettel vor sich um. Wieder waren geschwungene Linien zu sehen. „Guck mal. Sind dir die aufgefallen?"

„Ja, schon. Sind eben ein paar Striche", gab Rocco zurück.

Opa Hannes hob seinen Zeigefinger. „Eben nicht. Das sind Ornamente von alten Fliesenbildern."

„Was?"

Opa Hannes erzählte Rocco, wie er die Linien untersucht und mit abgedruckten Bildern verglichen hatte. Und vom anschließenden Besuch beim Ehepaar Methlefsen.

„Aber Opa, solche Linien gibt es doch bestimmt viele. So haben die eben damals gemalt."

„Eben nicht. Die Fliesenbilder sind alle unterschiedlich. Aber diese Linien hier, die stammen von dem Bild bei Methlefsens, von dem ich schon vorhin gesprochen habe."

Rocco schüttelte ungläubig den Kopf. „Immer wieder diese Ausstellung! Ständig ist die Rede davon."

Opa Hannes brummte nachdenklich. „Aber wie ich die Küstencrew kenne, bleibt ihr an dem Fall dran, oder?" Er fasste in seine Hosentasche und zog etwas hervor. „Hier ist ein Brief für dich."

Rocco nahm ihn seinem Großvater aus der Hand. Er erkannte den Absender sofort. Seine Mutter.

Er wartete, bis er wieder allein war. Dann öffnete er den Brief.

Mein Rocco, mein Stern ...

Draußen ging Jan gerade mit Nashorn, dem Hund einer älteren Dame aus dem Ort, eine Runde Gassi. Er bemerkte, dass in Roccos Zimmer noch Licht brannte. Auch die Küche war noch hell beleuchtet und durch die angelaufene Scheibe konnte er Rolf und Phung erkennen. Roccos Vater hielt einen Brief in der Hand und machte einen nachdenklichen Eindruck.

Plötzlich schrieb Phung etwas an die Scheibe. Jan rätselte. Was waren das für Wörter? Sehr merkwürdig! War das etwa eine Geheimsprache?

Kannst du die Geheimsprache am Fenster entschlüsseln?

KAPITEL 13

Einbruch!

Jan hatte die Zeichen entschlüsselt: Er hatte das „i“ am Ende jedes Wortes gestrichen und dann den letzten Buchstaben an die erste Stelle gesetzt. Mit einem kleinen Taschenspiegel wäre es ihm allerdings leichter gefallen. „Bis morgen, Rolf. Gute Nacht“, stand an der Scheibe. Eine heiße Spur war das nicht gerade.

Nashorn zog schon kräftig an der Leine und Jan setzte seine Runde fort.

Rocco hatte Jan und Nele am Telefon von Opa Hannes' Entdeckung erzählt. Morgen wollten sie sehen, was es mit der Fliesenausstellung auf sich hatte.

Wer weiß, vielleicht brauchen sie da ja auch Kellner?, hatte Nele im Anschluss Rocco geschrieben. Jans Handy war noch in der Schule. *Gute Nacht!*

Rocco aber lag noch länger wach. Wie würde das wohl werden, wenn bald seine Mutter käme?

Rolf Asmussen schloss spät den POTTWAL ab und schlug den Kragen hoch. Der Westwind wehte kräftig in der Nacht. Bis auf ein paar Autos war kein Mucks zu hören.

Bei Dete und Rude Methlefsen dagegen klirrte laut das Fensterglas.

Die Nachricht machte schneller die Runde als der wöchentliche Probealarm der Feuerwehrsirene: Bei Dete und Rude Methlefsen war eingebrochen worden.

Jan hatte gerade sein Handy wiederbekommen. Rolf hatte es ihm grinsend in der zweiten Pause überreicht. Die Küstencrew hatte Roccos Vater vorher alles erzählt. „Ach, übrigens, bei den Methlefsens auf der Königswarft ist eingebrochen worden“, verkündete Rolf.

Jan hielt sein Handy hoch. „Das habe ich auch gerade gelesen.“

„Auch, dass deren altes Fliesenbild im Flur beschädigt wurde?“

Die Küstencrew sah sich an. Das war in der Tat eine Neuigkeit. Schon wieder ging es um ein Fliesenbild!

„Die Polizei war auch schon bei Rude und Dete zu Hause“, sagte Opa Hannes und füllte ihre Teller. Nele und Jan waren zum Mittagessen mit zu Rocco gegangen.

„Und, haben sie etwas entdeckt, Opa Hannes?“, wollte Nele wissen. Jan und sie nannten Roccos Großvater schon länger so.

Er reichte ihnen die gefüllten Teller. „Nur, dass eine Fliese oben rechts fehlt. Warum, weiß keiner.“ Er legte noch Besteck neben die Teller, dann sah er die Kinder nachdenklich an.

„Wirklich keiner, Opa?“, fragte Rocco.

Opa Hannes brummte. Dann atmete er langsam ein. „Nun ja. Ich weiß nicht recht, was das zu bedeuten hat. Aber neulich haben mir Dete und Rude erzählt, dass genau diese Fliese schon mal ersetzt worden ist.“

„Ersetzt? Wie das denn? Das ist doch ein historisches Fliesenbild!“, warf Jan ein.

„Und es ist weit über die Grenzen von Breeksiel hinaus bekannt.“ Opa Hannes schob sich Kartoffeln auf die Gabel. „Vielleicht sollten wir heute Nachmittag mal hingehen. Die beiden sind alte Freunde von mir."

„Nele, Jan und ich kommen mit, Opa."

„Aye, kleiner Käpt'n."

Jan nahm seine Schirmmütze ab. Rocco drückte auf die Klingel des alten Friesenhauses auf der Königswarft. Nele strich ihre Kleidung glatt.

„Seid ihr etwa nervös, jetzt, da euer Fall Fahrt aufnimmt?" Opa Hannes stand zwischen ihnen und zwinkerte der Küstencrew zu.

„Hannes! Du bist gleich mit Verstärkung angerückt!", rief Dete Methlefsen in der Haustür. „Kommt nur herein, hier ist heute sowieso Tag der offenen Tür."

„Wer war denn schon alles da?", fragte Rocco und trat hinter den anderen ein.

„Ach, Kinder. Die Polizei. Und Harre Brandt und der junge Mann mit der dicken Brille, der sich so gut auskannte."

„Bestimmt Laurenz Niemkötter, der Kunstexperte", half ihr Jan auf die Sprünge.

„Ja, so hieß er wohl. Dann kommt mal rein in unsere Stube."

„Mensch, Rude, du guckst ja ganz kariert. Was ist denn bei euch los?", begrüßte Opa Hannes seinen alten Freund.

„Tag, Kinder. Moin, Hannes. Nee, kariert guck ich nicht, Dete und ich mögen keine karierten Sachen. So was haben wir auch gar nicht im Haus. Kommt ihr auch wegen des Einbruchs?“

„Wie geht es Ihnen denn?“ Nele sah ihn fragend an. „Haben Sie etwas von dem Einbruch mitbekommen?“

„Nein, ich habe geschlafen, Mädchen! Ich kann es immer noch nicht glauben. Aber die Diebe haben ja nicht gekriegt, was sie wollten. Das alte Fliesenbild ist noch da.“ Rude Methlefsen zeigte Richtung Flur.

Rocco räusperte sich. „Aber eine Fliese ist vorher schon mal kaputt gegangen.“

„Ja, aber die hatten wir vor einigen Wochen ja schon mal ersetzt. Da konnten wir aus Fleutenhaven Ersatz beziehen. Hat kein Mensch gemerkt.“ Rude wirkte erschöpft.

Dete kam mit einem vollen Tablett ins Zimmer. „So, erst einmal eine Stärkung nach all der Aufregung, nicht wahr, Rude?“ Sie schenkte Kaffee ein, für die Küstencrew hatte sie Apfelsaft mitgebracht.

„Können wir uns das Bild mal ansehen?“, bat Jan und lächelte das alte Ehepaar an.

„Ja, wir würden gerne herausfinden, wie die Polizei arbeitet, das kennt man ja sonst nur aus dem Fernsehen“, fügte Nele an.

Die alte Frau nickte. „Natürlich. Kramer und Kalmar sind fertig, haben sie gesagt. Geht nur. Rechts ist der Lichtschalter."

„Und ihr erzählt mir noch einmal ganz in Ruhe, was eigentlich passiert ist." Opa Hannes sah freundlich von Dete zu Rude und trank einen Schluck aus seiner Tasse.

Nele, Jan und Rocco beeilten sich. Wer weiß, wie lange Opa Hannes die beiden alten Leute ablenken konnte? Vielleicht hatten sie es heute schon so oft erzählen müssen, dass sie jetzt müde waren.

„Hier." Rocco hatte den Lichtschalter gefunden.

Das Fliesenbild mit dem alten Segelschiff war in dem schmalen Flur nicht zu übersehen. Es war zwölf Fliesen groß. Rechts oben fehlte die Fliese am Rand. Die Küstencrew untersuchte das gesamte Bild genauer.

„Die anderen Fliesen sind nicht beschädigt." Rocco tastete die Oberfläche ab. „Nicht mal Kratzspuren."

„Auch nicht an den anderen Rändern. Also, wenn ich so ein Bild aus der Wand holen wollte, dann würde ich doch an verschiedenen Ecken probieren, da ranzukommen", überlegte Jan.

„Und stattdessen fehlt nur diese eine Fliese. Komisch." Nele runzelte die Stirn.

„Und was machen wir jetzt?“, fragte Jan.

„Am besten rausfinden, ob hier noch mehr Spuren sind.“ Nele sah sich um.

„Ich sehe nichts Ungewöhnliches“, gab Jan zu.

„Ich schon!“ Rocco strahlte seine Freunde an. „Sogar zwei Spuren, wenn man es genau nimmt.“

Welche beiden ungewöhnlichen Dinge hat Rocco bemerkt?

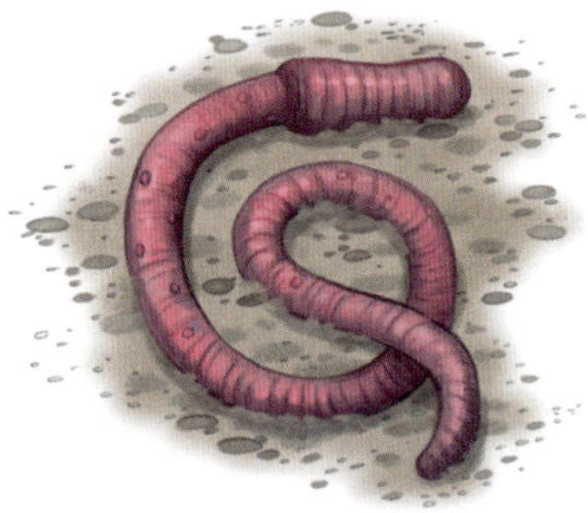

KAPITEL 14

Aufregung auf der Polizeiwache

„Ein karierter Knopf? Und ein Stück karierter Stoff? Aber Rude hat doch gerade erzählt, dass sie keine karierten Sachen mögen!“ Jan pfiff leise durch die Zähne. „Aber Moment, das heißt ja nicht, dass beides vom Dieb sein muss.“

Rocco schüttelte den Kopf. „Natürlich nicht. Aber möglich wäre es.“

„Warum hat die Polizei die nicht gefunden?“ Nele wog den Knopf und den Fetzen in der Hand. „Der Knopf sieht aus, als könnte er von einem Mantel stammen.“

„Die haben nicht darauf geachtet. Vielleicht, weil die wirklich alten Fliesen im Bild ja nicht beschädigt sind“, riet Rocco.

„Passt auf, das mit dem Mantel finden wir gleich heraus“, flüsterte Nele verschwörerisch.

In der Stube setzte Opa Hannes gerade seine Kaffeetasse ab, als die Küstencrew wieder hereinkam. Rocco zwinkerte seinem Opa zu. Der verstand sofort.

„So, dann wollen wir mal wieder. Vielen Dank für den Kaffee“, sagte er und stand auf.

„Opa, hast du nicht deinen Mantel vergessen? Den, bei dem ein Knopf fehlt?“ Rocco tat so, als suche er etwas.

„Meinen Mantel? Aber ich habe doch meine Jacke an, wie immer.“ Opa Hannes verstand diesmal nicht.

„So ein Mantel, wie ihn auch Harre Brandt trägt?“, fragte Jan arglos. „Mit einem Loch?“

Dete überlegte. „Aber nein, Kinder, der hat doch immer seine Lederjacke an, die ihm viel zu eng ist.“

Nele legte nach. „Aber der andere Mann mit der Brille, der trug doch einen Mantel, oder?“

Opa Hannes blickte die Küstencrew an. Er sagte aber nichts.

„Nein, der war ganz schick im dunklen Anzug unterwegs und viel zu kalt angezogen. Die Städter wissen eben nicht, wie scharf hier der Westwind weht“, entgegnete Rude.

„Ach so.“ Nele lächelte freundlich. „Tschüs!“

„Sagt mal, was war das denn eben für eine Komödie!“ Opa Hannes lachte laut auf, als sie an der nächsten Kreuzung stehen blieben.

„Wir haben eine Spur gefunden, Opa. Hast du die schon mal gesehen?“, fragte Rocco und holte die Beweisstücke aus der Sakkotasche.

Opa Hannes kniff die Augen zusammen und betrachtete den karierten Knopf und das Stück Stoff. „Verstehe. Nee, noch nie.“

„Beides könnte der Dieb verloren haben. Die beiden Methlefsens besitzen keine karierten Sachen, du hast keinen Mantel, Harre Brandt auch nicht und Laurenz Niemkötter trägt einen dunklen Anzug“, erklärte Jan und zählte es an den Fingern ab.

Wenig später saß die Küstencrew in der Klabauterbude über Opa Hannes’ Werkstatt. In ihrem Geheimversteck konnten sie ungestört überlegen, was sie als Nächstes tun wollten.

„Jetzt haben wir sogar mehrere Spuren“, fasste Rocco zusammen. „Den Knopf, das Stück Stoff und die Zettel mit den Bezeichnungen der Vogelspinnen.“

Jan schlug sich mit der Faust in die Hand. „Und den Artikel über den Tierschmuggel. Ich weiß noch nicht genau wie, aber das hängt doch alles zusammen!“

„Einbruch, geschmuggelte Spinnen und komische Typen.

Ich finde, wir sollten die Polizei informieren." Nele sah die anderen beiden an.

Rocco nickte. „Stimmt. Also los!"

Auf der Polizeiwache mussten die drei warten. Ein Verkehrsunfall und ein Fahrraddiebstahl hatten Vorrang. Kramer und Kalmar, die beiden beliebten Breeksieler Polizisten, waren nicht da.

„Dringender Einsatz, ihr müsst euch leider noch gedulden", gab ihnen eine Polizistin Auskunft.

Sie setzten sich auf ein altes Sofa im leeren Wartebereich.

„Wisst ihr, was ich mich frage: Ist das Fliesenbild bei den Methlefsens wirklich so viel wert?", begann Rocco nachdenklich.

„Klar, das Bild ist ja über 200 Jahre alt, hat Opa Hannes erzählt." Nele sah ihn neugierig an.

„Aber warum hat der Dieb dann nur diese eine Fliese mitgenommen, wenn doch das ganze Bild so wertvoll ist?", überlegte Rocco weiter.

„Und was ist mit der Fliesenausstellung, die bald anfängt? Das kann doch kein Zufall sein", murmelte Jan. Die anderen beiden stimmten ihm zu.

Jan sprang auf. „Kaum hat man eine Frage gelöst, kommen zwei neue hinzu … Und wir sitzen hier herum!“ Jan ging im Vorraum der Polizeiwache auf und ab wie ein Tiger im Käfig und lugte in das Großraumbüro. Plötzlich blieb er stehen und huschte dann hinein.

„Pst, Leute! Ein Freund von uns steckt in echten Schwierigkeiten!“, rief er.

Woran hat Jan erkannt, dass ein Freund der Küstencrew in Schwierigkeiten steckt?

KAPITEL 15

Kletterpartie im Dunkeln

„Phung wurde festgenommen?“ Nele hielt sich erschrocken die Hand vor den Mund. „Bist du sicher, dass du das auf dem Bildschirm gesehen hast? Und sein Stirnband und seine Kochschürze?“

Jan nickte. Und bevor er etwas sagen konnte, öffnete sich die Tür.

„So, bitte hier durchgehen“, sagte Kramer mit strenger Stimme.

Kalmar schob eine Gestalt durch den Türrahmen.

Rocco sprang auf. „Phung!“

Phung verzog das Gesicht und lächelte angestrengt. „Hallo, ihr drei.“

„Seien Sie still! Mitkommen.“ Kalmar drängte ihn an den dreien vorbei.

„Agsi olfri, owi chii inbi, Occori. Kayoi?“, sagte Phung schnell, bevor er hinter der nächsten Tür verschwand.

„Was hat er gerade gesagt? Ich habe kein Wort verstanden.“ Nele schüttelte verzweifelt den Kopf.

Rocco atmete tief ein und wieder aus. „Ich schon. Es ist die Geheimsprache von meinem Vater und ihm: ‚Sag Rolf, wo ich bin, Rocco. Okay?‘, hat er gesagt.“

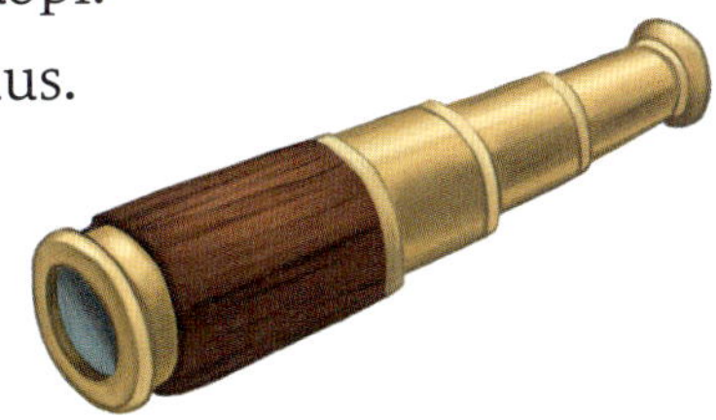

„Dann sollten wir das schnell tun!“, rief Nele und sprang auf.

Wenig später saß die Küstencrew in der Werkstatt von Opa Hannes.

„Na, dann wollen wir doch mal sehen.“ Opa Hannes dachte nach. „Ich rufe den Anwalt aus Caspersmoor an, der weiß immer, was zu tun ist.“

Rolf Asmussen nickte. Er telefonierte bereits und versuchte, eine Vertretung für den POTTWAL zu organisieren.

„Wisst ihr denn inzwischen, was Phung angestellt hat?“ Roccos Wangen waren rot vor Aufregung.

„Angestellt haben soll!“, warf Nele ein. „Das ist ein Unterschied.“

„Kramer und Kalmar wirkten sehr entschlossen“, meinte Jan.

Roccos Vater kam aus der Küche zurück. „Phung hat noch versucht, mich anzurufen, bevor die Polizei ihn festgenommen hat.“

„Und was wollte er?“ Rocco konnte die Antwort kaum abwarten. Am liebsten hätte er seinem Vater das Handy aus der Hand genommen.

„Ist etwas auf der Mailbox?“, fragte Nele.

„Die habe ich noch nicht abgehört“, gab Rolf merklich gestresst zu.

„Mensch, Papa!“ Rocco schnappte sich das Handy und tippte darauf herum. Wenig später legte er es auf den Tisch und schaltete auf Lautsprecher. Phungs Stimme war zu hören, er klang merkwürdig aufgeregt.

„Rolf, hier ist etwas komisch. Das Fenster in meinem Zimmer ist weit offen und all meine Sachen sind durchwühlt. Warst du das? Hast du was gesucht? Oder bist du irgendwie wütend auf mich? Melde dich! Ich fahre jetzt in den WILDEN DORSCH.“ Die Mailbox des Handys piepte, dann war es still. Alle sahen sich an.

„Da war jemand in Phungs Zimmer“, stellte Nele fest. „Aber ihr hättet einen Einbrecher bemerkt, oder?“

„Aber was wollte er denn von ihm?“, überlegte Jan.

„Die Polizei hat seine Tür versiegelt, da können wir nicht nachschauen.“ Opa Hannes hatte bei ihrer Rückkehr sofort das Haus inspiziert. „Gleich müsste der Anwalt da sein.“

Ein Grinsen breitete sich auf Roccos Gesicht aus. „Und wenn wir trotzdem mal im Zimmer nachsehen?“

„Davon will ich nichts wissen, mein Sohn.“ Rolf erhob sich. Es klingelte an der Haustür.

„Das ist bestimmt der Anwalt“, meinte Opa Hannes. „Rolf und ich fahren mit ihm zur Polizeiwache, Rocco. Wir müssen erst mal Phung da rausholen.“

Die Hoflampe strahlte wenig später auf die drei Gesichter der Küstencrew.

„Ist schon ein bisschen merkwürdig, bei sich selbst einzubrechen.“ Rocco grinste.

In der Straße war es überall dunkel, nur beim Nachbarn Karl Pötensen schien noch ein dünner Lichtstrahl aus dem Fenster.

„Das Fenster von Phungs Zimmer ist jedenfalls noch offen.“ Nele sah sich um. „Habt ihr eine Leiter?“

Rocco schüttelte den Kopf. „Nein, wir müssen da irgendwie anders reinkommen.“

„Ich weiß auch schon, wie!“, rief Jan freudig.

Findest du einen Weg hinauf zu Phungs Fenster?

KAPITEL 16

Tatort Rathaus

Nele stieg auf die Mülltonne, die rechts an der Hauswand stand, und setzte einen Fuß in das Fenster. Dann zog sie sich hoch aufs Dach des Schuppens, huschte über die beiden Vorsprünge und gelangte schließlich zum offenen Fenster.

„Das ist gar nicht so leicht!“, schnaufte sie. Jan folgte ihr.

Rocco blieb unten, er hatte Höhenangst. „Einer muss ja notfalls Hilfe holen können“, redete er sich heraus.

Nele und Jan standen mitten im Gästezimmer, das Phung bezogen hatte.

„Was seht ihr?“, rief Rocco von unten mit gedämpfter Stimme.

„Totales Chaos hier drin!“, antwortete Nele.

Ihnen bot sich ein ziemliches Durcheinander: Schubladen waren herausgezogen und Kleidung lag auf dem Boden.

Phungs Koffer stand offen, Hemden, Socken und allerlei andere Sachen quollen daraus hervor. Phungs kleiner Koffer mit den Pfeffersorten und seinem Kochbesteck war ebenfalls aufgerissen. Einzelne Pfeffermühlen kullerten über den Boden. Darunter waren vier Leuchttürme.

„Schau mal, Phung besitzt auch welche von denen." Nele zeigte auf sie.

„Hier wollte aber jemand wirklich etwas finden." Jan pfiff durch die Zähne.

„Ob das die Polizei war?", überlegte Nele.

„Ich glaube nicht, dass die einen Tatort so verwüsten würden." Jan sah sich ratlos um. „Was hat der Einbrecher hier wohl gesucht?"

„Keine Ahnung, aber er hat auf jeden Fall etwas verloren!", verkündete Nele.

„Schon wieder karierter Stoff! Das ist eindeutig derselbe Stoff wie beim Ehepaar Methlefsen." Jan hielt das Stoffstück gegen das Licht. „Wer immer es verloren hat, hat inzwischen ein paar Löcher in den Klamotten."

Sie kicherten und kletterten wieder hinunter.

Rocco trat schon ungeduldig auf der Stelle.

Jan wedelte mit dem Stoffstück. „Das Warten hat sich gelohnt."

Wenig später saßen die drei in der Klabauterbude.

„Wir haben nicht mehr viel Zeit, ich muss bald nach Hause.“ Nele sah auf ihre Uhr und seufzte. Dann holte sie ihr Notizbuch heraus.

„Tatsächlich, es ist derselbe karierte Stoff.“ Rocco sprach aus, was alle sahen.

Nele hatte die erste Spur zwischen die Seiten ihres Notizbuches gelegt. Die zweite passte perfekt dazu.

„Sag mal, nur um das klarzustellen: Phung trägt keine karierte Kleidung, oder?“, wollte Jan wissen.

„Spinnst du? Natürlich nicht!“ Rocco wurde lauter als sonst.

„Gut, dann haben wir das geklärt“, mischte sich Nele ein. „Rocco, um der Wahrheit näher zu kommen, müssen wir die falschen Spuren ausschließen.“

„Aber wie kommt die Polizei bloß auf ihn?“ Jan schüttelte den Kopf.

Von unten hörten sie plötzlich Geräusche. Sie lugten mit ihren Köpfen über die Bodenkante in die Werkstatt.

„Opa!“ Rocco winkte.

„Kommt mal runter, ihr Detektive. Der falsche Verdächtige ist wieder da.“

Phung und Rolf betraten die Werkstatt. Sie wirkten erleichtert.

„Hurra! Phung ist frei!“ Rocco sprang die letzten Stufen hinunter und flog ihrem Freund in die Arme.

„Danke, Kinder!“ Phung lachte.

„Ich hatte dich, doch angerufen, Rolf, weil mein Zimmer verwüstet war“, begann Phung, „aber dann musste ich ja auch los, in den WILDEN DORSCH zum Kochen. Kurz vor der Show kam die Polizei. Von allen Seiten! Ich weiß auch nicht, was die auf einmal hatten!“ Phung schüttelte ungläubig den Kopf.

Phung holte tief Luft. „Die kreisten mich ein, sodass ich nicht weglaufen konnte.“

„Wolltest du denn flüchten?“, fragte Rocco ungläubig.

„Nein, aber die haben mir mächtig Angst eingejagt.“ Phung atmete schwer aus.

„Dem Anwalt haben sie etwas von Tierschmuggel erzählt. Sie haben Phung verdächtigt, seltene Spinnenarten ins Land geschmuggelt zu haben. In seinem Pfeffer!“

„Was?“ In Roccos Kopf ratterte es. „Aber Phung, du bist doch der Koch und nicht der Gewürzhändler!“

„Das haben wir der Polizei auch gesagt“, wandte Rolf ein. „Aber die blieben dabei. Sie würden die Spur gemeinsam mit dem Zoll schon lange verfolgen, und die habe eindeutig zu Phung geführt und nicht zu Mister Pepperkorn.“

Rocco dachte nach. Dass es etwas mit Tierschmuggel zu tun

hatte, darauf war die Küstencrew schon gestoßen. Aber wie passten Phung und die Fliesen ins Bild?

„Sagt mal, haben die Beamten gesagt, ob es sich um Vogelspinnen handelt?"

Die Küstencrew traf sich vor Schulbeginn am Hafen. Sie schoben ihre Fahrräder Richtung Schule. Noch war genug Zeit bis zur ersten Stunde.

Rocco berichtete den anderen, was am Abend noch geschehen war. „Wir sind dann noch mal in Phungs Zimmer gegangen."

„Aber da war doch das Polizeisiegel davor!" Nele hielt sich die Hand vor den Mund. „Das kann richtig Ärger geben."

„Musste aber sein. Opa hat gesagt, er würde es den Zollbeamten schon erklären."

Nele und Jan sahen ihn fragend an. „Aber warum habt ihr das gemacht?"

„Es musste wirklich sein." Rocco grinste. Sie bogen auf den Schulhof ein und gingen zu den Fahrradständern. „Phung hat nämlich gestern Vormittag ein Päckchen bekommen."

„Mit den geschmuggelten Spinnen drin?" Jan sprach lauter, als er eigentlich wollte. Jüngere Schüler drehten sich um.

„Vielleicht. Wollt ihr noch einmal raten? Da kommt ihr nie drauf!"

Ein paar Momente lang überlegten Nele und Jan, dann schüttelten beide schließlich den Kopf.

„Vier Leuchttürme, für seine vier Pfeffersorten. Genauer gesagt: Pfeffermühlen-Leuchttürme! Phung hat die Mühle bei uns gesehen und direkt vier beim Hersteller bestellt."

„Also nicht bei Tinkas Vater?" Nele hatte messerscharf kombiniert. „Sondern bei der Firma in Holland?"

„Das gibt's doch nicht." Jan dämpfte diesmal seine Stimme.

Nele sah sich um, ob ihnen auch niemand zuhörte. „Und der Zoll hat dieses Paket verfolgt und ist so auf Phung gekommen?"

„Ganz genau!"

„Dann wissen wir jetzt, wer die seltenen Spinnen schmuggelt?" Jan sah seine Freunde an.

„Könnte sein", meinte Rocco. „Aber wir haben überall nachgeschaut und keine Spinnen gefunden. Vielleicht waren gar keine in Phungs Paket."

„Das war also die Spur, die zu Phung führte. Aber ist damit schon seine Unschuld bewiesen?", fragte Nele.

Traurig schüttelten Jan und Rocco die Köpfe.

Nele fuhr fort. „Noch besser wäre es also, wenn wir alles beweisen könnten." Sie seufzte. „Aber wie?"

Rocco dachte nach. „Zur Eröffnung der Fliesenausstellung heute Nachmittag kommen die Geschäftsleute aus Holland doch auch! Vielleicht finden wir dort den entscheidenden Beweis."

Die Schule begann, doch Rocco konnte sich nicht auf den Biologieunterricht konzentrieren. In seinem Zimmer hatte gestern Abend ein neuer Brief von seiner Mutter gelegen. *Mein Rocco, mein Stern …*

Sie wollte heute zu Besuch kommen. So schnell schon? Wie würde das wohl werden? Würde er sie überhaupt erkennen?

Opa Hannes war zur selben Zeit im Rathaus von Breeksiel. Er hatte da so eine Idee.

Die Bürgermeisterin konnte zum Glück ein paar Minuten Zeit für ihn erübrigen. „Nebenan im Friesensaal wird seit gestern schon für die Ausstellung aufgebaut. Henk und Geert waren mit ihren Helfern aus Holland bis spätabends beschäftigt."

Opa Hannes nickte und erzählte ihr von Phung. Von der falschen Verdächtigung des Kochs, von den Zollbeamten, von der Spur, die womöglich doch zur Fliesenausstellung führte.

Die Bürgermeisterin hörte aufmerksam zu. „Einbruch sagst du, Hannes? Bei euch im Gästezimmer? Also noch einer. Das sind schon drei in kurzer Zeit." Sie atmete hörbar aus. „Das können wir während der Ausstellung in Breeksiel überhaupt nicht gebrauchen. Bei drei Einbrüchen auf einen Schlag bleiben die Gäste weg!“

„Warum drei? Ich weiß nur von dem bei Rude und Dete Methlefsen und von unserem natürlich“, sagte Opa Hannes.

„Hier, sieh mal!“ Die Bürgermeisterin stand auf und zeigte auf das hohe Fenster neben ihrem Schreibtisch. Jetzt bemerkte es Opa Hannes auch: Ein Fenster war kaputt.

„Letzte Nacht ist hier jemand eingebrochen.“ Die Bürgermeisterin ließ sich schwer auf ihren Schreibtischstuhl nieder.

„Wurde etwas gestohlen?“ Opa Hannes sah sich um.

„Der Tresor ist unbeschädigt. Auch sonst fehlt nichts. Nur …“, die Bürgermeisterin wies nach rechts, „das Fliesenbild hier, das hat jemand kaputt gemacht. Warum auch immer.“

„Wie bei Methlefsens, oben rechts fehlt eine Fliese!“ Opa Hannes stand auf und untersuchte das Bild. „Das ist ja unglaublich.“

„Ich habe es erst neulich geschenkt bekommen von diesem Henk, der heute Nachmittag bei der Fliesenausstellung mitmacht.“

Und dann stimmte die Bürgermeisterin dem Plan zu, wegen dem Opa Hannes ursprünglich ins Rathaus gekommen war: Phung sollte bei der Fliesenausstellung kochen, damit die Leute in Breeksiel ihn und seine Kochkünste so richtig kennenlernen konnten.

Opa Hannes bedankte sich und stand auf. Er sah sich noch einmal im Amtszimmer um. „Sag mal, habt ihr schon irgendetwas weggeräumt, nachdem ihr heute Morgen den Einbruch bemerkt habt?"

„Nein, hier ist nichts verändert worden. Das hat die Polizei doch verboten wegen der Spuren."

„So, so", murmelte Opa Hannes . „Ich glaube, der Einbrecher ist nicht weit weg."

„Was sagst du, Hannes?" Die Bürgermeisterin blickte ihn erstaunt an. „Woher weißt du das?"

Irgendetwas kam Opa Hannes am Tatort merkwürdig vor – findest du heraus, was es ist?

Bürgermeisterin

KAPITEL 17

So viele Verdächtige

„Stimmt, hier sind gar keine Scherben!“, stellte die Bürgermeisterin fest.

Opa Hannes nickte. „Die Scheibe wurde also von innen zerstört und die Scherben liegen draußen. Also muss sich der Einbrecher bereits im Rathaus befunden haben.“

„Dann kommt ja bei der Ausstellung alles zusammen.“

„Und alle!“ Opa Hannes verabschiedete sich und ging.

Nach dem Unterricht traf sich die Küstencrew vor der Schule.

„Wir brauchen dringend eine Idee, wie wir in die Ausstellung kommen. Die Eröffnungsfeier ist nur für geladene Gäste“, begann Jan.

Nele legte ihre Schultasche ab und kletterte neben ihn auf das Gitter am Schultor. „Dann brauchen wir auch eine Einladung."

„Mein Papa und meine Oma haben eine bekommen." Jan seufzte.

„Opa Hannes ist auch eingeladen." Rocco grinste. „Wo deine Oma ist, ist mein Opa nicht weit."

Alle drei wussten schon lange, dass die beiden sich mochten. Manchmal gingen sie zusammen auf dem Deich spazieren.

Rocco sah auf sein Handy, wo gerade eine Nachricht von seinem Vater aufploppte. „Papa schreibt mir gerade. Opa ist wirklich ein Teufelskerl! Jetzt weiß ich, wie wir zur Eröffnungsfeier kommen."

Er erzählte seinen Freunden rasch davon, dass Phung dort kochen und wieder Pfefferhäppchen anbieten dürfte. „Mister Pepperkorn wird also auch vor Ort sein."

„Gut", meinte Jan. „Auch den finde ich ziemlich verdächtig!"

„Richtig. Aber das Beste ist: Wir können dort wieder kellnern!" Rocco grinste. Er tat so, als trage er ein Tablett. „Möchten Sie noch eine kleine Spinnen-Schnitte, mein Herr? Oder die Dame vielleicht ein Pfeffer-Tierchen mit sechs Beinen?"

Jan schüttelte sich angeekelt. Nele lachte laut. Dann nahm sie ihr Handy aus der Tasche. „Tinka hat mir geschrieben, dass sie auch da sein wird. Ihr Vater darf einen Stand aufbauen."

„Dann ist dieser komische Geert bestimmt auch vor Ort." Rocco rieb sich die Hände, seine Augen leuchteten. „Alle Verdächtigen auf einem Fleck. Das große Finale!"

Phung war wieder ganz der Alte. Er trug sein Stirnband und seine Schürze. Große Warmhalteboxen waren hinter einer Stellwand aufgestapelt, auf der die verschiedenen Pfeffersorten angepriesen wurden.

„Ich durfte die Häppchen im DEICHGRAF kochen und der Wirt hat mir die Boxen und das Geschirr geliehen. Sehr nett." Er grinste. „Und mein Chef hat mir eine Extragage versprochen, weil wir den Pfeffer hier anbieten dürfen." Phung lachte. „Dabei habe ich gar nichts gemacht. Das war ja Opa Hannes!"

Die Kinder gaben Phung ein High-Five und drehten sich dann um. Der große Friesensaal hatte sich in eine Ausstellung verwandelt: An den Wänden und an einzelnen Aufstellern hingen Fotos sowie historische und neuere, nachgemachte Fliesenbilder. Es waren große, zusammengesetzte und auch kleinere Kunstwerke zu sehen. In der Mitte des Saales standen Tische und auf dem Podium ein Pult. Dort würden später sicher die Reden gehalten, mutmaßte Nele.

Am Rand waren mehrere Stände aufgebaut. Nele winkte einer Nachbarin vom Teeladen zu, die ihre Tassen und verschiedenen Teesorten auf einem Tischchen ordnete.

„Hallo, ihr drei! So sieht man sich wieder!“, ertönte plötzlich eine bekannte Stimme. Tinka Broders pustete sich eine ihrer roten Haarsträhnen aus dem Gesicht.

„Tinka!“, freute sich Jan. Sein Tablett war noch leer, obwohl in ein paar Minuten schon die ersten Gäste kommen würden. Gemeinsam mit Nele und Rocco ging er zu ihr hinüber.

Tinka lächelte die drei an. „Na, alles klar bei euch?“ Sie zeigte auf eine ganze Reihe von kleinen Leuchttürmen, die vor ihr standen. „So eine Gelegenheit wie heute können wir uns nicht entgehen lassen. Mein Vater hat sich richtig Mühe gegeben.“

Nele begutachtete interessiert den Stand. Sie sah Leuchttürme in vielen Formen und Größen: als Pfeffermühlen, Kerzenhalter, Stiftehalter, Seifenspender, Zahnputzbecher und Dinge, die sie auf den ersten Blick nicht zuordnen konnte. „Du hast nicht zu viel versprochen, ihr habt ja wirklich alles in Leuchtturmform.“

Tinka lachte. „Wir haben uns heute sogar gestreift angezogen, das war die Idee meines Vaters! Da drüben ist er übrigens.“ Sie deutete auf einen Mann, der gerade mit Phungs Chef sprach. Heinz Scharfeneck lächelte wie immer und hatte die Hände vor seiner karierten Weste zusammengelegt.

„Moment mal. Das ist es!“, rief Rocco. „Ich komme durch die Streifen drauf: Es könnte sein, dass unser Verdächtiger heute wieder etwas Kariertes trägt!“

Nele und Jan nickten zustimmend.

Tinka sah ihn fragend an. „Was meinst du damit?“

Jan rückte ein Stück näher und senkte seine Stimme. „Ich kann dir kurz erzählen, was noch alles passiert ist.“

„Bevor du das machst, hätte ich noch eine Frage an dich, Tinka“, unterbrach ihn Nele.

„Ja?“

„Kannst du mit einem Tablett umgehen?“

Wenig später schlug die Rathausuhr. Das war das Zeichen.

„Es geht los, Kinder!“ Phung zeigte auf die Türen des Friesensaales. Schon hörten sie plauderndes Stimmengewirr und hinter der Milchglasscheibe am Eingang wurden Jacken an die Garderobe gehängt. Die Besucherinnen und Besucher strömten in den Saal.

Kurz darauf wuselten alle durcheinander. Mittendrin balancierten Jan, Nele und Tinka ihre Tabletts. Phung drapierte die Häppchen und Rocco half ihm dabei.

„Nun sind die Häppchen mit weißem Pfeffer dran. Und jetzt noch vom Cayenne nachlegen!“

Mister Pepperkorn kam ab und zu vorbei, verteilte Anweisungen und nickte zufrieden. Er sprach die essenden Gäste lächelnd an und verteilte Werbeflyer.

Auch am Stand von Tinkas Vater war viel los. Er scherzte mit Interessierten und Tinka musste nebenbei Pfeffer-Proben von Mister Pepperkorn besorgen, um die Leuchttürme in Aktion zu verkaufen.

„Machen wir heute doch gemeinsame Sache: Leuchtturm und Pfefferprobe zusammen?“ Heinz Scharfeneck hielt Tinkas Vater seine Hand hin, welcher lachend einschlug.

Unter den Gästen waren viele bekannte Gesichter für die Küstencrew. Darunter Dete und ihr Mann Rude Methlefsen, der gleich seine Rede über die Bedeutung von Fliesenbildern halten sollte und offenbar schon ganz aufgeregt war. Die Bürgermeisterin sprach ununterbrochen mit Leuten und Organisator Harre Brandt eilte geschäftig von Stehtisch zu Stehtisch. Er trug ein kariertes Sakko, bemerkte Nele, was sie unauffällig ihren Freunden zuflüsterte.

Laurenz Niemkötter, der Kunstexperte, gestikulierte vor einer Ausstellungswand. Einige Gäste hörten zu, andere sahen sich gelangweilt um.

Jans Vater und seine Oma Ilsemarie Boysen aßen an einem Stehtisch. Opa Hannes war auch nicht weit, er betrachtete die Fliesenbilder genau. Er hatte der Küstencrew beim Betreten des Friesensaals rasch vom dritten Einbruch bei der Bürgermeisterin erzählt.

Auch er wollte während der Eröffnungsfeier die Augen offen halten.

Die Küstencrew steckte in einer kurzen Pause die Köpfe an der Tellerausgabe bei Rocco zusammen.

„Wer immer eingebrochen ist, sucht doch etwas, oder?“, wisperte Nele.

„Genau. Und gefunden hat er es bei den Einbrüchen bei Methlefsens und Phung zumindest nicht“, erwiderte Rocco. „Er hat nur etwas verloren. Und zwar etwas Kariertes.“

„Karierte Kleidungsstücke gibt es hier aber viele. Harre Brandt ist leider nicht der Einzige damit“, meinte Jan bedauernd.

Rocco kletterte auf eine der Warmhalteboxen. „Das stimmt. Ich kann von hier ziemlich viele potenzielle Verdächtige sehen.“

Wie viele Gäste trugen karierte Kleidungsstücke?

Herzlich willkommen
zur Fliesenausstellung in Breeksiel

KAPITEL 18

Licht aus!

„Fünf Stück? So viele?“ Jan konnte es kaum glauben.

Rocco zeigte ihm und Nele die Leute: Links trug ein Gast ein kariertes Hemd, dahinter stand ein Mann mit grünem T-Shirt. Der Mann in der Mitte, Henk, hat sich in einen lila karierten Anzug geworfen. Vorn am Stehtisch trug eine Dame einen karierten Gürtel und unterhielt sich mit Harre Brandt im gelb karierten Sakko.

„Und die sind alle unsere Verdächtigen?“, seufzte Jan und griff nach seinem aufgefüllten Tablett.

„Das finden wir schnell heraus. Nele, du hast ja die beiden Stoffproben bei dir, oder?“ Rocco stellte die nächsten Teller auf das Tablett seiner Freundin.

Nele nickte und bereitete sich auf die nächste Runde im Saal vor.

Opa Hannes schlenderte an den Stellwänden mit Fotos und Fliesenbildern vorbei. Neben den historischen Stücken hingen auch neue, die meisten waren mit blauer Farbe gemalt und zeigten Segelschiffe, Windmühlen und Brücken. An den neuen Fliesenbildern hingen kleine Preisschilder.

Opa Hannes bemerkte, wie ein Mann mit zurückgegelten Haaren in der Ecke eines der Schilder zurechtrückte. Er ging auf ihn zu, pfiff anerkennend und zeigte auf die neuen Fliesenbilder. „Die sind gut gemacht, das kann man nicht anders sagen."

„Und nicht so kostspielig wie die Originale!" Der Mann lächelte verschlagen. „Guten Tag, mein Herr. Geert Lefzen mein Name, Inhaber von Gele Produktion und Hersteller dieser wunderschönen Werke. Vielleicht kaufen Sie auch eines? Einige sind schon weg, hier interessieren sich viele dafür."

Opa Hannes tat, als habe er die Frage nicht gehört. Er tippte gegen die Fliese oben rechts. Sie wirkte wie alle anderen. „Die sind alle aus dem gleichen Material, oder?"

Geert wedelte mit der Hand, als wollte er Opa Hannes und seine Frage wie lästige Fliegen verscheuchen.

Dieser ließ sich nicht beirren. „Da haben Sie einen wahren Künstler als Maler an der Hand. Das ist erstklassige Arbeit, Herr Lefzen. Wie heißt er?"

„Was? Keine Ahnung. Er ist hier aber irgendwo, da müssen Sie mal meinen Partner aus den Niederlanden fragen. Er steht da drüben bei der Bürgermeisterin."

Die Bürgermeisterin nahm sich ein Schnittchen mit gestoßenem schwarzen Pfeffer von Neles Tablett. „Danke, mein Kind." Dann wandte sie sich wieder Henk van de Leut zu, der mit ihr vor den nachgemachten Fliesenbildern stand.

„Auch für zu Hause sind Fliesenbilder ein Gewinn. Sie schaffen eine heimelige Atmosphäre." Henk grinste süffisant.

„Wer? Ich?" Die Bürgermeisterin gluckste geschmeichelt.

„Nein, die Fliesenbilder." Henk lachte gekünstelt. „Wir haben auch in Ihrer Gemeinde schon viele zufriedene Kunden."

„Wie gut, dass Sie mein Bild im Büro so schnell reparieren konnten. Leider konnte ich Ihrem Mitarbeiter noch nicht persönlich danken."

Henk beugte sich vor. „Erstklassiger Kundendienst. Wir haben für solche Fälle immer unseren Fachmann dabei."

Hin van Breemen hatte sich eine Jacke über sein durchgewetztes kariertes Hemd gezogen. Damit fühlte er sich ein bisschen besser angezogen für die Eröffnungsfeier. Er atmete tief ein und aus. In den letzten Tagen und Nächten war so viel passiert.

Hin stellte sich unauffällig hinter ein junges Paar, das ein von ihm gemaltes Fliesenbild genauer betrachtete und lobte. Trotz seiner Nervosität verspürte er einen Anflug von Stolz. Geert und Henk ließen ihn nämlich nicht aus den Augen.

„Habt ihr etwas Verdächtiges gesehen?“, fragte Rocco.

Jan und Nele schüttelten den Kopf. Tinka gesellte sich mit roten Wangen zu ihnen an die Tellerausgabe.

Jemand schlug mit dem Löffel an ein Glas. Der Lärm wurde weniger. Phung gab ihnen ein Zeichen: Pause! Gleich würden die Reden beginnen und da sollte es keine Häppchen geben.

„Ich habe nichts Hilfreiches gesehen und nichts gehört!“ Nele wischte sich über die Stirn. „Die Gäste essen nur alle sehr viel.“

Jan seufzte. „Bei so vielen Leuten mit karierten Sachen kann man ja nicht auf alle Verdächtigen gleichzeitig achten!“

„Ich hätte da eine Idee. Ist nur nicht ganz einfach …", begann Tinka.

Nele, Jan und Rocco drehten sich zu ihr. Aber noch bevor Tinka etwas sagen konnte, klopfte die Bürgermeisterin an ein Glas.

Rude Methlefsen wurde auf die Bühne gebeten und die Gäste klatschten eifrig.

Der alte Forscher klopfte skeptisch ans Mikrofon, um es zu prüfen. Dann begann er, von der Einzigartigkeit und Schönheit der bemalten Fliesen zu sprechen. Jans Gedanken schweiften ab. Erst als er Rude Methlefsen sagen hörte, dass schon eine einzige historische Fliese mehrere Tausend Euro wert sein konnte, war sein Interesse wieder geweckt.

Tinka winkte ihnen zu. Sie steckten die Köpfe zusammen.

Wenig später sahen die vier wieder auf und grinsten verschwörerisch.

„Ich gebe Opa Bescheid", flüsterte Rocco und schlich sich durch die Menschenmenge.

„Und ich Phung!", verkündete Jan leise. „Und dann müssen wir uns schnell verteilen."

Sie lächelten sich geheimnisvoll an.

Rude Methlefsen holte zwischendurch tief Luft, trank einen Schluck Wasser und blätterte in seinen Notizen.

Doch bevor der alte Forscher weiterreden konnte, erklang ein lauter Pfiff im Friesensaal. Opa Hannes hatte sich am Rand vor dem Pfefferstand aufgebaut und auf den Fingern gepfiffen.

„Meine Damen und Herren! Entschuldige, Rude, ich muss ein paar Worte sagen, bevor du mit deiner Rede fortfahren kannst“, fing er an. „Ich möchte alle hier im Friesensaal bitten, im Anschluss Ruhe zu bewahren.

Wir sind gerade dabei, eines der größten Verbrechen in der Geschichte von Breeksiel aufzuklären. Die Polizei ist im Anmarsch und wird gleich hier sein. Es geht um illegalen Tierhandel, genauer gesagt, um seltene Vogelspinnen, die Verbrecher verbotenerweise nach Deutschland schmuggeln. Der oder die Täter sind heute mit uns in diesem Raum. Bitte behalten Sie die Nerven und bleiben Sie ruhig. Dann wird niemandem etwas geschehen.“

Plötzlich wurde es stockfinster. Das Licht war aus. Ein Aufschrei. Viele Gäste erschraken.

Rocco und Nele hatten während Opa Hannes' kleiner Rede unbemerkt den schweren Vorhang zugezogen, der für Theaterabende die hohen Fenster bedeckte. Jan hatte an der Tür die Lichter ausgeknipst. Jetzt verteilten sich die Küstencrew und Tinka an den vier Türen, die vom Friesensaal abgingen: der Eingang, der Flur mit den Toiletten, das Amtszimmer der Bürgermeisterin und eine Abstellkammer.

Noch immer war es stockdunkel.

Gläser klirrten. Gepolter. Stimmen. Noch ein Schrei, jemand kicherte.

„Licht!“, riefen mehrere.

Und dann ging das Licht wieder an.

Staunend blickte sich die Küstencrew um. Nicht alle Gegenstände haben ihre kleine Showeinlage überstanden.

Sechs Gegenstände sind in der Dunkelheit abhandengekommen. Findest du heraus, welche?

Breeksiel

KAPITEL 19

Ein außergewöhnlicher Dieb

„Vier Fliesen fehlen? Das ist ja unglaublich!“, rief Nele. „Außerdem hat sich jemand das letzte Häppchen gemopst. Hoffentlich bekommt der Mann rechts im Bild seinen Hut wieder zurück!“

Im Saal wurde das Gemurmel lauter. An den Türen herrschte Tumult.

„Wen haben wir denn da, direkt an der Tür? Kurz vorm Ausbüxen?“ Jan baute sich vor Geert auf, dem sein Grinsen wohl vergangen war. Er trug ein kariertes Sakko, unter dem die Ecke einer Fliese hervorlugte.

„Was denn? Ich wollte nur unser Eigentum sichern. Man ist in dieser Stadt ja nicht sicher bei drei Einbrüchen in den letzten Tagen!“

Nicht nur ihm fiel sein Fehler sofort auf.

„Und woher kennen Sie die genaue Zahl? Damit haben Sie sich gerade selbst entlarvt!“, rief Jan triumphierend.

Geert sprang auf Jan zu, packte ihn an der Schulter und wollte ihn von der Tür wegzerren.

„Halt, hiergeblieben!“ Phung war schnell bei ihnen und bugsierte den Dieb in die Mitte des Saales. Er war größer als Geert und wirkte mit seinem Stirnband wie ein Kämpfer in einem Actionfilm.

„Du Idiot!“, beschimpfte Henk van de Leut seinen Geschäftspartner von einer anderen Tür aus. Rocco hatte ihn gestoppt, neben ihm stand sein Großvater.

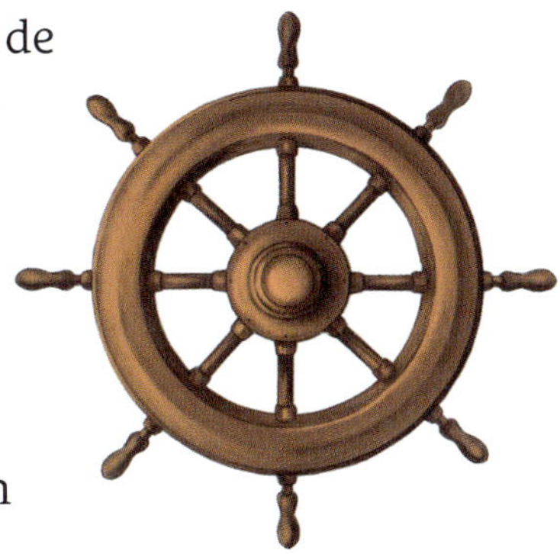

Denn das war ihr Plan gewesen: Die Küstencrew und Tinka hatten sich schnell an jede der Türen gestellt, um mögliche Ausreißer aufzuhalten.

„Lass mich los, du kleines Biest!“, ertönte es aus einer anderen Ecke.

Nele dachte gar nicht daran. Sie hing am Arm des Mannes, der vor ihrer Tür stand.

„Harre! Was machst du denn da?“ Die Bürgermeisterin war mit wenigen Schritten bei Nele, um ihr zu helfen. Aber dann lachte sie auf einmal laut los. „Wolltest du abhauen, Harre? Diese Tür führt in die Abstellkammer!“

Im Saal löste sich die Spannung, viele Gäste lachten erleichtert auf.

Harre Brandt wurde rot. „Ich wollte mich da drin nur mal umsehen, klar?“, schnappte der Tourismus-Chef.

Die Bürgermeisterin schmunzelte kurz und wurde dann wieder ernst. „Ich glaube, wir sollten nun die Polizei holen. Danke, mein Kind!“ Der letzte Satz galt Nele, die den Arm von Harre Brandt wieder losließ.

„Das kann man wohl laut sagen.“ Opa Hannes führte Henk van de Leut von der Tür zurück in den Saal. Auch unter seinem lila karierten Jackett zeichnete sich der Umriss einer Fliese ab. Er kniff grimmig die Augen und den Mund zusammen.

„Wieso wollten Sie denn Ihr eigenes Fliesenbild stehlen?“ Opa Hannes gluckste und der ganze Saal brach in Gelächter aus.

„Retten wollten wir die Bilder, man ist hier ja nicht sicher in diesem miesen Nest!“ Geert spuckte die Worte förmlich aus.

„Na, na! Wir können das alles gleich mit Kramer und Kalmar besprechen“, erwiderte die Bürgermeisterin, die mit Nele zu den anderen gekommen war. Harre Brandt trottete zusammengesunken hinterher.

„Hallo? Wir könnten hier mal Hilfe gebrauchen!“

Ein Baby schrie.

Das kam von der Eingangstür! Rocco, Jan und Nele sahen sich an. Tinka hatte auch jemanden geschnappt! Es war ein mittelalter, kleinerer Mann mit Sommersprossen und blassem Gesicht.

Aber er wurde auch von zwei weiteren Personen festgehalten: einer jungen Frau mit blonden Locken und einer etwas älteren, elegant gekleideten Dame ganz in Rot. Die drei hielten ihn fest im Griff.

Das Baby schrie weiter. „Na, komm mal her, du kleines Wesen!“ Die ältere Frau ließ den Mann schließlich los und nahm den Säugling aus dem Kinderwagen auf den Arm. Er hörte sofort auf zu weinen.

Die Küstencrew übernahm den Mann mit tatkräftiger Unterstützung von Opa Hannes und führte ihn zu Geert und Henk.

Die Gäste umringten nun die Verdächtigen in der Mitte des Saales. Die Bürgermeisterin hielt ihr Handy ans Ohr und alarmierte die Polizei.

„Da seid ihr ja, Anna! Ist euch etwas passiert?“ Phung umarmte die blond gelockte Frau, die sich als seine Freundin herausstellte. „Darf ich?“, fragte er dann die elegant gekleidete Dame, die ihm vorsichtig das Baby reichte. „Hallo, meine Kleine, da wart ihr ja zur rechten Zeit am rechten Ort!“

Im Saal klatschten einige, Phung strahlte und drückte seine Familie noch einmal an sich.

„Hallo, Mama.“ Rocco war schüchtern an die in Rot gekleidete Frau herangetreten.

„Mein Rocco, mein Stern!“ Die Frau lächelte und Rocco sah Tränen in ihren Augen schimmern. Sie berührte ihn zaghaft an der Schulter. Dann fielen sie sich in die Arme.

„Und du hast auch etwas gestohlen?“ Opa Hannes hatte durch die Milchglasscheibe der Eingangstür eine Bewegung wahrgenommen und sich dahinter umgesehen.

Er streckte seinen Arm aus und griff nach dem Arm der anderen Person. „Das hätte ich nicht erwartet.“

Nele stieß Rocco und Jan an und deutete mit einem Kopfnicken auf die Tür.

Wen hat Opa Hannes erwischt?

KAPITEL 20

Geständnisse

Opa Hannes führte eine gebückt gehende Person hinter der Milchglasscheibe hervor.

Ein ungläubiges Raunen ging durch den Saal.

„Dete! Du?", fragte Rude ungläubig.

Wenig später war die Veranstaltung beendet. Die Polizisten Kramer und Kalmar waren eingetroffen und hatten sofort Verstärkung angefordert. Kalmar schrieb im Saal die Namen aller Gäste auf.

Im Büro der Bürgermeisterin hatten sich alle versammelt, die in den Fall verstrickt waren.

„So." Kramer schloss die Tür.

Dete und Rude Methlefsen saßen zusammengesunken auf zwei gepolsterten Stühlen. Die Bürgermeisterin stand neben dem Polizisten an der Tür und blickte Henk und Geert streng an. Phung schritt unruhig auf und ab und Harre Brandt drückte sich verstohlen in einer Ecke des Amtszimmers herum.

Der Mann mit den Sommersprossen, den Tinka gemeinsam mit Anna und Cathérine festgehalten hatte, saß neben Henk und Geert und wirkte sichtlich nervös. Tinka, Nele, Jan und Rocco lehnten am Schreibtisch der Bürgermeisterin. Opa Hannes saß dahinter.

„Ihr schon wieder – die Küstencrew?“, fragte Kramer und sah die Kinder an.

„Und Tinka“, antwortete Nele und die Jungen nickten.

„Dann erzählt mal der Reihe nach.“ Kramer lehnte sich an einen Aktenschrank und zog sein Notizbuch aus der Tasche.

Und dann berichteten sie von ihrem Fall. Von den Papierschnipseln in den Pfeffermühlen und wie sie durch Geerts Unterlagen auf die Vogelspinnen gekommen sind. Vom Einbruch bei Dete und Rude. Von Phungs durchwühltem Zimmer.

„Und dann waren da noch die karierten Spuren.“ Nele wühlte in ihren Taschen.

„Die was?“, hakte Kramer nach.

Nele legte das Stück Stoff und den Knopf vom Tatort bei den Methlefsens sowie den Stofffetzen aus Phungs Zimmer auf den Schreibtisch. „Die hatten Sie bei der Spurensicherung der Tatorte übersehen.“

Kramer blickte ein wenig bedröppelt drein.

„Na, ihr seid mir ja ein aufgeweckter Haufen. Sie da, Sie tragen alle etwas Kariertes. Stehen Sie bitte mal auf!“

Geert und Henk erhoben sich mit feindseligen Blicken. Der Mann mit den Sommersprossen tat es ihnen auf wackligen Beinen gleich.

„Was ist mit dir, Dete?“ Kramer sah von seinem Block auf.

„Ich habe nichts Kariertes zum Anziehen!“

Kramer kratzte sich am Nacken. „Dann wollen wir mal sehen: Der Herr mit den Sommersprossen trägt unter seiner Jacke ein zerschlissenes Hemd mit Löchern. Da sind Sie bei den Einbrüchen irgendwo festgehangen und haben sich Löcher reingerissen, nicht wahr?“ Der Polizist machte eine Pause. „Aber der Knopf? Dete, gehört der etwa zu deiner Handtasche? Kaum zu glauben! Wie passt das nur alles zusammen?“

Dete Methlefsen sah auf. Ihre Stimme zitterte erst, dann fasste sie sich. „Vielleicht kann ich den Fall ein bisschen aufklären. Zumindest meinen eigenen."

Kramer räusperte sich. „Wir hören, Dete."

„Also, das mit dem Kopf war ein Zufall. Ich besitze diese Handtasche schon sehr lange. Ich finde sie sehr schick, aber leider ist sie kariert. Und das kann Rude überhaupt nicht ausstehen. Deshalb trage ich sie nur zu Anlässen wie heute, wenn er so aufgeregt ist, dass er bestimmt nicht darauf achtet." Sie blickte ihren Mann entschuldigend an.

„Aber meine liebe Dete, wenn ich das gewusst hätte! Deine Handtasche ist doch völlig unwichtig, solange wir beide noch uns haben!" Rude klang betroffen.

Opa Hannes unterbrach seinen alten Freund. „Aber wo wolltest du denn mit der Fliese hin, Dete?"

„Die habe ich letzte Woche in einem Antikladen in Harlebüll für Rude gekauft. Sie ist ein Geschenk. Und dann habe ich sie neulich dem netten Herrn Niemkötter, diesem Kunstexperten, gezeigt. Ohne dass Rude es bemerkt hat, natürlich. Und der hat mich gefragt, ob sie diese Fliese nicht auch mit ausstellen könnten! Da habe ich zugesagt."

„Das heißt, du wolltest im Dunkeln nur deine teure Fliese retten?", fragte Opa Hannes.

Dete Methlefsen nickte mit ernster Miene. Alle atmeten erleichtert auf.

Kramer strich ihren Namen von seinem Block. „Gut, ich glaube dir, Dete. Du kannst gehen." Er reichte ihr die Fliese über den Schreibtisch.

Dete bedankte sich, zwinkerte Opa Hannes zu und verließ gemeinsam mit Rude das Büro.

„Und ihr drei kommt jetzt mit auf die Polizeiwache. Dort klären wir den Rest", befahl Kramer.

Ein Husten war zu hören. Es kam von dem Mann mit den Sommersprossen, der bisher still gewesen war.

„Darf ich etwas sagen?" Er blickte sich unsicher um.

„Natürlich, mein Junge", antwortete Opa Hannes, bevor es der Polizist tun konnte.

Kramer seufzte zwar, verkniff sich aber einen Kommentar.

„Ich heiße Hin van Breemen. Und ich wurde gezwungen, beim Tierschmuggel mitzumachen."

Jan, Nele und Rocco hielten erschrocken die Luft an.

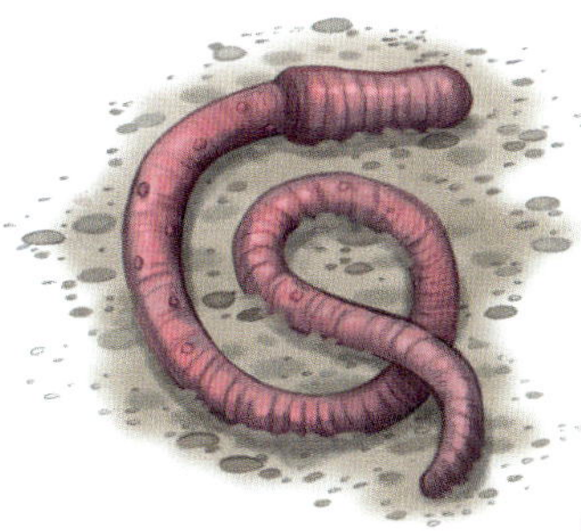

„Ich sollte die seltenen Spinnen verschicken. Das passierte aus Fleutenhaven, wo ich auch die Fliesen male", fuhr er fort.

Geert holte Luft, offenbar, um zu widersprechen, aber ein Blick von Kramer stoppte ihn.

Hin sprach weiter. „Die Vogelspinnen taten mir furchtbar leid und so habe ich mich um sie gekümmert und sie gefüttert. Denn die wenigsten der armen Tierchen haben den Transport in den engen Leuchttürmen zu ihren neuen Besitzern überlebt." Er blickte Henk und Geert finster an. „Für die Spinnensammler musste ich Zettel schreiben, welche Art das ist. Davon habe ich einen ganzen Stapel angefertigt und auf einige davon ‚Spider-SOS' geschrieben und sie in normale Leuchttürme ohne Spinnen gesteckt. Ich wollte, dass jemand die Papierschnipsel in den Pfeffermühlen bemerkt, irgendwie auf meine Spur kommt."

„Wie Opa Hannes und wir. Die Papierschnipsel in der Pfeffermühle, die haben wir gefunden!", rief Rocco und grinste in die Runde.

Hin nickte matt. Er fuhr mit seinem Geständnis fort: „Ich musste bei der ganzen Sache mitmachen, weil ich Schulden bei Henk habe. Spielschulden, und zwar ziemlich hohe. Er hat mich erpresst, dass er damit zur Polizei gehen würde. Weil ich aber beim Schmuggel mitgemacht habe, bin ich nicht selbst hin. Auch nicht anonym. Aus Angst, dann trotzdem dran zu sein." Nun sah er betreten zu Boden.

Die Blicke der anderen im Raum wanderten zu Henk van de Leut. Er schaute grimmig an die Wand.

„Später haben sie zum Glück meist größere Gegenstände für den Transport der Spinnen verwendet. Die Pfeffermühlen aber haben sie weiterhin verkauft", erzählte Hin.

„An den Laden meiner Oma zum Beispiel!", warf Jan ein.

Hin nickte erneut. Ein entschlossener Ausdruck trat auf sein Gesicht. „Aber das war mir nicht genug. Durch meine kleinen Zettel hat sich nichts geändert. Ich habe daher auch in den Fliesenbildern Botschaften versteckt. Mit allen Namen und Adressen der Schmuggler, die ich kenne."

„Was?", unterbrach ihn Kramer hellhörig. „Das muss ich unverzüglich den Kolleginnen und Kollegen vom Zoll melden."

„Ich habe sie bei zusammengesetzten Bildern hinter die einzelne Fliese oben rechts angebracht."

„Und dabei wurdest du von den beiden erwischt, stimmt's?" Opa Hannes zeigte auf Henk und Geert. Letzterer schüttelte den Kopf und holte wieder Luft, schwieg dann aber doch.

„Danach zwangen sie dich, die Fliesen zurückholen. Daher die Einbrüche." Nele sah sich triumphierend um.

„Genauso war es. Zufällig waren die Bilder und die einzelne Fliese nach Breeksiel gegangen."

„Die Ausstellung! Harre, das haben wir im Grunde alles dir zu verdanken." Die Bürgermeisterin deutete kopfschüttelnd auf Harre Brandt.

„Immerhin konnten wir heute schon satte Eintrittsgelder kassieren", verteidigte sich dieser.

Jan fuhr fort. „Und deshalb habt ihr drei vorhin versucht, im Dunkeln die Fliesen aus dem Saal zu schaffen."

„Ja, eine Karte habe ich noch nicht wiedergefunden. Und im Saal war immer irgendwer. Und als ihr vorhin die Ansage gemacht habt, da …"

„… da habt ihr alle rausschaffen wollen", beendete Opa Hannes den Satz. „In Ordnung, mein Junge. Aber warum um alles in der Welt musstest du denn unseren Phung so in Verdacht bringen?"

Hin bekam rote Wangen. „Das war nicht meine Idee. Außerdem war es ein Zufall: Es gab eine Bestellung über vier Leuchtturm-Pfeffermühlen aus Breeksiel. Die habe ich mit der Post verschickt. Ohne Spinnen natürlich. Aber dann hat Henk gemerkt, dass der Zoll uns auf den Fersen ist. Da bin ich bei dem Kunden, einem gewissen Phung Li, eingebrochen und habe die vier Pfeffermühlen ohne Spinnen gegen vier Pfeffermühlen mit Spinnen ausgetauscht und noch ein bisschen das Zimmer verwüstet, um Verwirrung zu stiften." Er seufzte. „Henk hat mich zu der Adresse gefahren, sonst hätte ich die Spinnen heimlich in eine Zoohandlung gebracht. Dafür habe ich die armen Dinger gleich im Haus frei gelassen."

Opa Hannes erhob sich aus dem Amtsstuhl der Bürgermeisterin. „Bei uns im Haus sind jetzt vier giftige Vogelspinnen?"

„Entschuldigung", murmelte Hin.

Da brach Opa Hannes in schallendes Gelächter aus. Und steckte die anderen damit an.

Plötzlich schob Geert seinen Stuhl nach hinten, riss die Tür auf und stürmte aus dem Büro der Bürgermeisterin.

„Er will abhauen! Halt!", rief Jan und sprintete hinter ihm her.

Geert war zurück in den Friesensaal gerannt und riss einen Stehtisch um. Jan stolperte darüber. Rocco und Nele, die ihm gefolgt waren, konnten gerade noch ausweichen und liefen linksherum. Phung rannte mit großen Schritten hinterher.

„Phung!“, schrie Jan.

Geert lief Slalom um Gäste und Tische, auf denen immer noch Teller und Gläser standen.

Phung stürmte aus dem Amtszimmer, machte einen großen Satz, nahm zwei Handvoll Pfefferkörner von einem Stehtisch und warf sie auf den Boden in Geerts Richtung. Sie kullerten durch den Friesensaal.

„Hey, was soll das?“ Geert rutschte auf den runden Körnern aus, verlor das Gleichgewicht und landete auf seinem Hintern.

Nele schnappte sich eine der Leuchtturm-Pfeffermühlen und drehte diese direkt über seinen mit Gel vollgeschmierten Kopf. Geert begann zu niesen, er schnappte nach Luft und atmete noch mehr gemahlenen Pfeffer ein. Rocco und Jan nahmen sich auch zwei Pfeffermühlen und halfen ihr dabei.

Und schon bald saß Geert niesend und prustend auf dem Boden, fuchtelte hilflos mit den Armen und wurde immer weiter mit gemahlenem Pfeffer bestreut.

„*Hatschi!* Hände hoch. *Hatschi!* Gut gemacht, Küstencrew“, lobte Kramer und bahnte sich einen Weg durch die Menschenmenge.

Sein Kollege Kalmar war inzwischen mit Verstärkung gekommen. Er hielt Henk am Arm. „Abmarsch! *Hatschi!*“

Es wurde noch viel geniest an diesem Tag. Nicht nur die Ganoven, auch Opa Hannes, Phung und die Küstencrew konnten sich das Niesen nicht verkneifen.

Vor den Stufen des Rathauses war das Baby im Wagen eingeschlafen, den Phungs Freundin Anna sanft schaukelte. Dabei summte sie leise.

Roccos Eltern, Rolf und Cathérine, saßen auf den Stufen. Sie sahen verwundert dem Schauspiel zu: die niesenden Tierschmuggler, die niesende Polizei und dann noch die niesende Küstencrew.

„Fall gelöst?“ Rolf strubbelte seinem Sohn durch die dunklen Haare.

„Gelöst mithilfe des Pfeffers!“ Rocco grinste die beiden an.

„Ein ganz schön scharfer Fall.“ Nele klappte ihr Notizbuch zu, sie hatte noch schnell das Geständnis von Hin aufgeschrieben.

„Mit einem Happy End", fügte Jan hinzu und musste schon wieder niesen.

Opa Hannes setzte sich dazu. Er zeigte auf Phung, der neben Anna und dem Kinderwagen stand. „Ich glaube, die Werbeaktion hat funktioniert. Der Piratenpfeffer hat heute alle überzeugt!"

Einige Tage später traf sich die Küstencrew oben auf dem Deich und ließ sich ins Gras fallen.

Rocco streckte seine Beine aus, die wie immer in dicken Stiefeln steckten. „Habt ihr schon gehört? Phung und seine Familie haben vor, hier in Breeksiel zu bleiben!"

„Ja, er will als Koch arbeiten, oder? Und seine Freundin malt, das hat meine Mutter in der Bäckerei gehört", antwortete Nele.

„Als Koch?" Jan sah Rocco und Nele fragend an. „Und wo will er kochen?"

„Der Wirt vom DEICHGRAF hat ihm ein Angebot gemacht:

Phung kann den AUSGUCK übernehmen. Du weißt schon, das kleine Lokal, welches schon eine Weile leer steht!“ Rocco zeigte nach Norden.

„Den kleinen Turm am Deich?“

„Ja, und jetzt suchen sie nur noch ein Haus für ihre kleine Familie!“

Nele legte die Arme hinter den Kopf. „Und wisst ihr auch das von Tinkas Vater und Mister Pepperkorn?“

Rocco und Jan schüttelten den Kopf.

„Die beiden wollen ab sofort zusammenarbeiten, das hat Tinka mir geschrieben. Die Leuchtturm-Pfeffermühlen werden direkt mit dem Piratenpfeffer bestückt. Das lohnt sich wohl für beide. Gerade jetzt, wo durch den Pfeffer der Fall gelöst wurde.“

„Und durch die Leuchtturm-Pfeffermühlen!“

„Und durch uns, die Küstencrew!“ Nele setzte ein zufriedenes Lächeln auf. „Guck mal, Rocco. Dahinten ist deine Mutter, sie winkt uns.“

„Ja, wir wollen zusammen ein bisschen Fahrrad fahren. Sie kennt Breeksiel gar nicht so richtig.“ Rocco sprang auf und winkte zurück.

„Nun geh schon. Wir geben dir für heute frei“, sagte Jan lachend und stieß seinen Freund in die Seite.

„Und morgen ist die Küstencrew wieder komplett. Wir müssen schließlich bereit sein für den nächsten Fall!“, rief Nele und strahlte ihre beiden Freunde an.

Die drei begannen zu lachen und klatschten sich ab.

Und Jan sagte, was alle dachten: „Auf jeden Fall!“

Hinweis 19:

Durch die Milchglasscheibe ist die Silhouette nur schwer zu erkennen. Aber ein Detail verrät trotzdem, wer die Person ist. Sieh dir ihre Frisur genauer an …

Hinweis 18:

Jemand scheint sich am letzten Häppchen bedient zu haben. Wo ist bloß der Hut des Mannes hingeraten? Und wer hat sich an den Fliesenbildern vergriffen?

Hinweis 17:

Rocco hat fünf Gäste mit karierten Sachen erspäht. Findest du sie auch?

Hinweis 16:

Sieh dich auf dem Boden unterhalb des zertrümmerten Fensters um. Fehlt hier nicht etwas, wenn der Einbrecher die Scheibe von außen eingeschlagen hätte? Lies dir das Gespräch mit der Bürgermeisterin noch einmal durch: Wer befand sich bis spätabends im Rathaus?

Hinweis 15:

Bist du am Rosengitter hinaufgeklettert und hängst nun an der Dachrinne? Versuche lieber, den Weg über die Mülltonne und das kleine Fenster rechts zu nehmen!

Hinweis 14:

An der Garderobe hängt eine Kochschürze und über der Stuhllehne ein Stirnband … Ob die beiden Dinge zu der Person gehören, die auf dem Bildschirm zu sehen ist?

Hinweis 13:

Wirf einen Blick auf den Boden des Flurs – entdeckst du zwei Dinge, die man dort nicht erwarten würde? Vielleicht etwas Kariertes?

Hinweis 12:

Die Buchstaben in der Scheibe sind gespiegelt – das ist dein Stichwort! ISBI ORGENMI OLFRI. UTEGI ACHTNI … Alle Wörter enden auf „i“, versuch mal, diesen Buchstaben wegzulassen. Wenn du nun noch einen weiteren Buchstaben an die vorderste Stelle setzt, hast du die Lösung!

Hinweis 11:

Betrachte die Menschen ganz genau, vor allem deren Ärmel, Schuhe, Haare, Brusttaschen, Kapuzen und Hosenbünde!

Hinweis 10:

Fahre die Wege mit deinem Finger nach und drehe in Sackgassen um. Der richtige Weg beginnt, wenn du am Anfang die erste Abzweigung nach rechts nimmst.

Hinweis 9:

Vögel, Fahnen, Bullaugen, Felsen, Wal …

Auf diese fünf Dinge lohnt sich ein Blick!

Hinweis 8:

Wirf doch mal einen Blick auf den Küchentisch, entdeckst du dort einen Flyer für eine Veranstaltung?

Hinweis 7:

Für die Besucher gab es Kaffee und Kuchen, also müssen irgendwo noch Tassen oder Teller herumstehen …

Wie viele benutzte Tassen zählst du?

Hinweis 6:

Lies dir noch einmal durch, wie das Gespräch zwischen Geert und Jan ablief. Hat der Geschäftsmann ihm nicht etwas in die Hand gedrückt? Könnte Geert ein solches Teil in der Unordnung verloren haben?

Hinweis 5:

Einer der Kartons mit den Salzstreuern ist undicht. Auf dem Boden hat sich eine Spur aus Salzkrümeln gebildet. Und laut Tinka werden gleiche Waren übereinandergestapelt, das können also nicht die Pfeffermühlen sein.

Hinweis 4:

Stell dir die drei Schnipsel wie Puzzlestücke vor, die du zusammenfügen musst. Entdeckst du das Muster noch irgendwo anders auf der Werkbank?

Hinweis 3:

Aus dem Lager werden viele Bestellungen verschickt. Dazu müssen die Waren von Lkws abgeholt werden …

Hinweis 2:

Das auffälligste Merkmal am Leuchtturm sind die Streifen. Wirf doch mal einen Blick darauf: Sind die wirklich bei allen Leuchttürmen auf dem Bild gleich?

Hinweis 1:

In der Küche liegen mehrere Brillen herum. Nur wenige davon eignen sich zum Lesen. Welche davon gehört Opa Hannes? Schau dich in der Küche genau um – findest du ein Foto, auf dem er seine Brille trägt?

Ocke Bandixen erzählt Geschichten, seit er denken kann. Geboren und aufgewachsen ist er direkt an der Nordseeküste, in einer kleinen Stadt in Nordfriesland. Inzwischen lebt er aber – dicht beim Elbstrand – mit seiner großen Familie in Hamburg. Und wenn er nicht gerade Bücher schreibt, dann arbeitet er als Journalist beim Radio.

Nathalie Kranich ist eine in Deutschland geborene Kinderbuchillustratorin. Mit 16 Jahren stieg sie in einen Zug und fuhr nach Großbritannien. Dort lebt und arbeitet sie seitdem nahe der Küste. Nathalies Arbeit ist von all den Märchen und Geschichten inspiriert, mit denen sie aufgewachsen ist. Nun erweckt sie mit ihren bunten Farben die verschiedensten Geschichten zum Leben.

Das will ich lesen!

Band 1 · ISBN 978-3-7432-1126-1

DIE KÜSTENCREW ZÄHLT AUF DICH!

Schatz in Sicht! Jan, Rocco und Nele finden eine geheimnisvolle Kiste am Strand. Und nicht nur das: Plötzlich tauchen gefährliche Gauner in Breeksiel auf. Sie sind mit allen Wassern gewaschen und wollen den mysteriösen Fund unbedingt in die Finger kriegen.

Loewe
Das will ich lesen!